短篇小説集

蜥蜴《とかげ》

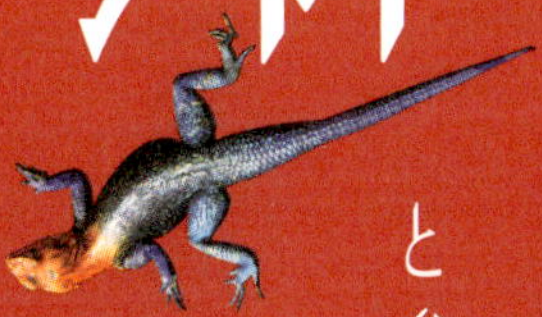

toto ami
戸渡阿見

たちばな出版

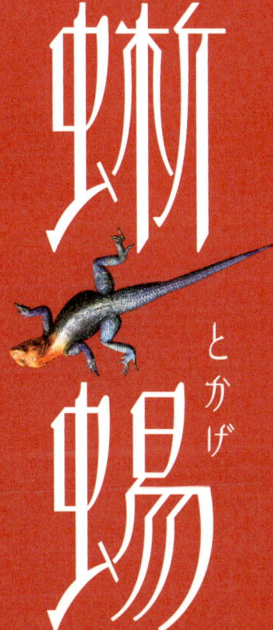

まえがき

私が、十六年間ホストパーソナリティーを務めるラジオ番組「さわやかＴＨＩＳ ＷＡＹ」で発表した短篇小説が、このたび本になりました。幸い、大きな反響と高い評価をいただき、本にして欲しいという声も、たくさんいただきました。実は、これらの短篇は、私が主宰する「明るすぎる劇団・東州」で、演劇としても上演されています。

小説というと、「疎外感」「寂寥《せきりょう》感」「都会の孤独感」など、人間のネガティブな部分を文学テーマにする場合が多く、それが芸術だと評価される傾向があります。そうすると、伝統芸能における狂言や落語は、芸術ではないのだろうか。ならば、狂言や落語の大家が、芸術院会員になり、人間国宝になったり、文化庁芸術選奨文部科学大臣賞など、多くの芸術賞を受賞するのは、なぜなのか。伝統芸能だから、芸術なのか。

狂言や落語は、ダジャレ、滑稽、ナンセンス、風刺など、あらゆる笑いを追求したもので、そこにおのずから、庶民の生活感が滲み出るものです。それも、立派な人間探求であり、人間讃歌の芸術だと思うのです。こういう、人間のポジティブな面を追求する芸術が、いつも、シリアスで、人間の暗闘部分を描く芸術より、低く見られることを、心から嘆く次第です。

シェークスピアの悲劇の代表作、「リア王」、「ハムレット」、「オセロ」、「ロミオとジュリエット」は、全て下ネタとダジャレが随所にあり、文学表現に感心し、笑っている内に悲劇の幕切れがあります。悲劇といっても、悪の陰謀は全て暴かれ、悪人は全て裁かれます。そのついでに、善人も死ぬのです。だから、読後感が、悲劇でもどこか明るく、心が解放されます。

また、シェークスピアの喜劇は、それこそダジャレ、下ネタ、皮肉、風刺の連続で、その中に、あまりにも素晴らしい文学表現が、綺羅星のごとく出てきます。これらが、最高の芸術と讃えられ、四百年経っても、今なお世界一売れている文芸作品なのです。

また、モーツァルトの二十二作のオペラは、すべて男女のカップルが、ハッピーエンドになっています。領主の「初夜権」をからかう「フィガロの結婚」。婚約者の貞操を試す「コジ・ファン・トゥッテ」。最低な内容を、最高の音楽でオペラにするモーツァルト。彼の頭の中や、心の中を連想するだけで、笑いが止まりません。

尊敬する、モーツァルトのオペラだからと思って、「コジ・ファン・トゥッテ」を観たベートーヴェン。観た後に、「最低だ！」と吐き捨てるように言ったそうです。そのベートーヴェンが作った、唯一のオペラが「フィデリオ」です。まじめ過ぎて、オペラとしては、ちっとも面白くないものです。

もし、現代にシェークスピアやモーツァルトがタイムスリップして、日本語を話し、文芸作品やオペラ作品を書いても、あまり評価されないでしょう。ダジャレが多すぎる。下ネタが多すぎる。台詞が長すぎる。言葉遊びが過ぎて、差別用語、固有名詞の濫用、パロディー化、ギャグ化が多すぎると……。

しかし、演劇界は、その流れの宮藤官九郎や三谷幸喜の、明るく楽しい戯曲や映画、テレビ番組が大人気で、多くの芸術賞を受賞しています。また、一世を風靡した、言葉遊びの野田秀樹やキャラメルボックスの成井豊など、大人気で多くの観客が集い、野田は芸術賞を総嘗めにしています。

しかし、純文学やエンターテイメントの小説は、彼らを一段低く見る傾向があります。はたして、芥川賞の純文学、直木賞のエンターテイメント文学は、シェークスピアやモーツァルトを、自分達より低く見ているのだろうか。四百年前や二百五十年前の外国人だから、例外的に偉いと認めるのだろうか。何を、文学や芸術の価値基準に置いているのだろうか。

この本と同じ頃に、私の博士論文を本にした、「美術と市場」という本を出版しました。そこで、何を芸術の価値基準に置くかの命題に、正面から取り組みました。結論から言えば、五十年、百年単位で物を見れば、ほぼ正確に、それは市場価値に反映されるというものです。異論もあるでしょうが、一つの物の見方です。

文学や演芸も、その観点からすれば、五十年、百年単位で世の中に残り、市場価値があるものが、やはり芸術的価値が高いと言えます。「源氏物語」や三島由紀夫の作品、夏目漱石の作品、シェークスピア、ゲーテ、サンテグジュペリの作品が、今なお読まれ、本が売れているのは、それだけ、芸術的価値が高いからだとも言えます。三島由紀夫や野田秀樹らの言う、「古典主義」も、この観点からすれば、芸術の本質を言ってるとも言えます。また、能や狂言、歌舞伎や落語、オペラや京劇の名作が、今なお上演され、人々が切符を買って観に行くのは、それだけ、芸術的価値が高いからだとも言えます。ジャンルは関係ないのです。

これは、美術品でも同じです。「芸術のための芸術」という、唯美主義的な芸術観は、十九世紀のフランスから始まったものですが、純文学の芥川賞系、エンターテイメントの直木賞系も、この流れを引くものでしょう。

しかし、それらの価値基準も、五十年、百年経つと変化するものです。芸術的価値というものは、宇宙空間に絶対的尺度があるわけではなく、もし、天の理《り》としてあったとしても、それは、人々の深層意識の中にあるはずです。だから、五十年、百年経って、人々の形成する社会で長く愛され、市場価値があり続けるものが、本当の芸術的価値があると判断しても、間違いだとは言い切れません。そうなると、ジャンルによって、文学としての芸術的価値を高く見たり、低く見たりするのは、納得しかねる事なのです。

文化文政時代に隆盛した、下品な春画の浮世絵が、印象派の画家に強烈な影響を与え、ゴッホ、セザンヌ、モネなどを生む、大きな原動力になりました。今日、世界の絵画史の中で、北斎、広重などを、通常の画家より低く見る人はいないでしょう。世界に誇る、我が国の天才画家だと評価するはずです。油絵や中国の文人画ではない、版画や浮世絵だからと言って、ジャンルの違いで北斎や広重を、画家として低く見る人がいるのでしょうか。

しかし、世界的にほとんど知られない油絵画家が、浮世絵、版画家だからと言って、北斎や広重を低く見るようなことが、日本にはあるのです。つまり、世界的には誰も知らない芥川賞、直木賞作家が、世界の映像、アニメ界に影響を与える宮崎駿、「攻殻《こうかく》機動隊」の押井守、「ＡＫＩＲＡ」の大友克洋らを、どう評価するのか。また、コミックからアニメになって世界を席巻し、コミックは世界で三億部売れた「ドラゴンボール」の鳥山明。同じく世界を席巻した「ポケットモンスター」の田尻智らを、どう評価するのか。また日本で、二十九年以上の長寿人気コミック、全ギャグマンガ「パタリロ！」の魔夜峰央《まやみねお》、同じく「じゃりン子チエ」のはるき悦巳らを、どう評価するのだろうか。

井上ひさしさんは、「じゃりン子チエ」を絶賛したが、総じてコミック、アニメ界の大御所を、芸術的に低く見るものです。

今や世界に冠たる日本のコミック、アニメ業界は、江戸末期に庶民から現われた、浮世絵と同じです。その当時の、文人画家や南画の絵師が、浮世絵画家を見下していたのと同じです。その後、百年経って世界は、どちらをより高い芸術として評価したかです。だから、五十年、百年経ったら、アニメ作家やコミック作家が、ノーベル文学賞を受賞する可能性も、あながち否定できません。

だから、私の結論はこれです。芥川賞、直木賞をはじめとする文学賞は、それなりの立場があり、視点があっていいし、私も好きな作家がたくさんいます。しかし、だからと言って、コミックやアニメの有名作家の芸術性を、低く見るのはおかしい。また、小松左京、筒井康隆、星新一などのSF作家、ファンタジー作家、ホラー小説、ギャグ小説、パロディー小説、ケータイ小説を、一段低く見るのは、芸術に対する独善や偏見だと思うのです。

映像、視覚、通信文化が発達し、世界的にますます活字離れして行く現代。五十年、百年経ったら、何が生き残り、何が淘汰されていくのか。そして、世界的に何が主流となって、芸術的価値を評価されるのか。本当に未知数です。だから、作家は、他のジャンルや世の移り変わりに対し、もっと謙虚で、やさしい目を持つべきだと思います。

ところで、今回の短篇集ですが、ラジオドラマや劇団でやって面白く、楽しく、どこまでも笑えるテーマで書いています。今まで、あらゆるジャンルの著作を、二百冊以上も書きました。ビジネス書や自己啓発、芸術、文化、宗教、福祉の本。そこで、人間や社会や心や意識について、さんざん暗闘部分や本質を追求してきたのです。

そこで、小説を書く段になって、大きな疑団を持ちました。はたして小説は、宗教、哲学、ノンフィクション以上に、人間や社会の本質を、正しく深く描けるのだろうか。描くことで、なんらかの救いがあり、励まされるのだろうか。描けるかも知れないが、それは、「易経」や「論語」、「バイブル」、「仏典」、「コーラン」に勝てるものなのか。あったら、学びたいので、是非教えていただきたい。おそらく、ないでしょう。作家は、そこまで宗教、哲学、精神世界を極め、経済、政治などのノンフィクションを、体験して学び、自分なりに極めたのだろうか。極めてないからこそ、小説家が、人間や社会の本質を描こうとするのではないか。そう思えてなりません。理解しているつもりでも、それは、本を読んで学んだだけで、実体験で、体得した訳ではないでしょう。

奇跡のような、波瀾万丈の人生を送ったマーク・トウェイン。彼が書いた「トム・ソーヤーの冒険」は、彼の人生そのものの魅力があります。飛行機乗りで、最後は志願して、フランス国家のために戦死したサンテグジュペリ。彼の最後の作品は、「星の王子さま」ですが、魂に響く魅力があり、今なお愛され、世界で五千万部も売れています。

これらの作品は、決して小説家が、人間や社会の本質を描こうとしたものではなく、多くの体験を積んだ魂から、自然に湧き出たヒラメキ、イメージ、物語でありましょう。そして、その文体や言葉の調べの中に、作者の魂から来る、気韻生動があり、「いのち」の余韻や味わいがあるのです。これが、小説の直接的な芸術性だと思います。そして、古典の名作には、そんな「いのち」が宿っているのです。

しかし、十代、二十代、三十代から、何の社会経験もなく、人間社会の苦吟の中から、人間の本質を哲学し、宗教し、精神世界を体験的に極めてない人間が、なぜ、社会や人間の本質を追求し、純文学やエンターテイメント文学で、それを表現しようとするのか。するのは自由だけれど、本当に魂に響き、万人に共感を呼び、長く人々に愛される作品は、皆無に等しいと言えるでしょう。若くして、そういう経験から自分を練った石川啄木や宮沢賢治は、詩や童話しか書いていていません。

それなのに、若い頃からの小説家は、宗教家よりも哲学者よりも、経営者よりも政治家よりも、また、歴史を作った実在の人物や芸術家よりも、それを小説に書き、賞をもらっただけで、人間や社会の本質が解ったような顔をしています。タバコを吹かして、肩で風を切り、渋谷の街を歩いています。釈迦やイエスや孔子や老子、マホメットより、人間が解ったような顔で、世田谷も歩きます。どのような顔で、どこを歩こうが、本人の自由です。勝手です。

しかし、その程度の浅くて狭い、人間と社会の咀嚼力の作家が、シリアスな小説や歴史小説を書き、賞をもらったからと言って、ＳＦ作家やファンタジー、ナンセンスギャグやパロディー作家、またコミック、アニメ作家を、なぜ低く見るのか。自分達の方こそ、五大聖人に見下され、あの世から、歴史を作った本人に見下され、哲学、芸術、古典文学の名著を残した大家から、霊界で見下されているのです。だから、もっと寛容と広い心をもって、あらゆるジャンルの文学、芸術に対して、偏見なく、平等に、謙虚であって欲しいものです。

だから、私は、小説で人間と社会の本質を表し、追求するシリアスな文学、歴史小説には、当分馴染めません。読んでも、書く気にはなりません。なぜなら、いつもシリアスに人間と社会を見つめ、書くよりも、まず実行しているからです。人々を救い励まし、より良き社会にしようと、多くの公益活動や芸術活動を実行しているのです。

ところで、読む歴史小説ですが、吉川英治は、文句なく楽しめて好きですが、司馬遼太郎は、常にその歴史観に疑問を感じます。人間理解も、歪んで見えます。彼の圧倒的な筆力に、人々は歪んだ歴史観を、真実だと思わせられている気がします。それだけ、作家としては優秀なのでしょう。しかし、歴史家や哲学者としては、疑問が残ります。その点、松本清張の方が上でしょう。私は、中国の浙江大学で、「入宋僧」の研究でも博士号を取りましたが、歴史の学術研究から歴史小説への転換は、心が重くて、まだまだ時間がかかります。

だから、小説を考えた時、宗教にも哲学にも、政治にも経済にも、歴史学や心理学、科学にも真似できないもの。つまり、文学の中でも、小説にしかできないものは何かを考えます。それは、古来からの、歴史の中にヒントがありました。世界や日本の古来からの文学は、「うた」と「ものがたり」に集約できます。日本では、「うた」は短歌ですが、連歌や俳句、詩文や作詞も、「うた」に属します。

そして、「ものがたり」があります。「ものがたり」には、多くの伝承や民話や神話があり、日本には「伊勢物語」に始まる、人間ドラマの「源氏物語」、戦記物、伝奇物など、様々な「ものがたり」があります。狂言、能、歌舞伎、落語、講談も、「ものがたり」の広がりです。コミックもアニメも小説も、みんな「ものがたり」の広がりです。そこに、芸術性の優劣はなく、長く人々に愛され、長きに渡って市場価値あるものが、高い芸術価値があると信じます。そして、「うた」の本質は詩心であり、「ものがたり」の本質は、面白さだと思います。だから、社会や人間の本質とは関係ない、「うた」の詩心と、「ものがたり」の面白さがある文学が、宗教、哲学、政治、経済、科学、学術にない、文学の本質だと考えるのです。

「うた」の詩心は、今まで短歌や俳句、作詞や詩文で、たくさん表現して来ました。今度は、「ものがたり」の面白さの追求です。今までに、アニメやコミックの原作は、いくつか作りました。今回の短篇集は、さらにラジオドラマ、演劇の台本になる原作であり、落語や狂言、ギャグ漫画やアニメの台本にもなる原作です。大人の童話の絵本にもなる予定です。シェークスピアよりダジャレ、下ネタ、ギャグが豊富で、落語のようにオチがあります。オチ方にも色々あり、オチそうでオチないオチもあり、オチつかないオチもあります。文章で楽しむ、パタリロの漫画や鳥山明のコミック、吉本興業のギャグとも言えます。また、ギャグや言葉遊びの密度を高めた、野田秀樹やクドカンの脚本とも言えます。とにかく、既成概念にとらわれず、既成の文学観にとらわれない、自由な発想に基づく、「ものがたり」の面白さをクリエイトするつもりです。

そして、私がめざす究極の理想は、「うた」の詩心と、「ものがたり」の面白さが、見事に融合した作品です。それが、至上の文学と考える次第です。たとえば、シェークスピアの作品、「源氏物語」という作品、ゲーテの作品、夏目漱石や三島由紀夫の作品が、そうだと言えます。つまり、歌人や漢詩人やソネットなどの詩人であり、小説家でもあった人物の作品です。その次が、社会や人間の本質を、様々に実行して、体験の中から悟った人物の小説です。日本では、無学歴に近い形で、色々な職業や職場を経験した、長谷川伸や吉川英治、浅田次郎、松本清張などがあります。シェークスピアは、実に、この要素をも合わせ持ったのです。

最後に。私の「ものがたり」の創作は、まだまだ始まったばかりです。もっともっと研究し、もっともっと深め、もっともっと広がり、もっともっと本格的に書きたい。私にとって、「ものがたり」の面白さは、泉鏡花が一番で、「ものがたり」のおかしさは、筒井康隆が一番です。筒井康隆さん、江戸川乱歩に見出された後、各方面からボロクソに言われながらも、ボロクソに言い返し、よくぞ「ナンセンスSF」、「ナンセンスギャグSF」を、社会に確立して下さった。筒井作品を見ると、「小説とは、何でもありだ」と勇気付けられます。

また、戯曲では、なんと言っても井上ひさしが一番です。普通の戯曲家は、十年でピークが過ぎますが、井上ひさしさんは、三十五年以上ピークが続いています。それだけ、恐るべき勉強をしておられるのです。また、ショートショートは阿刀田高さんが一番で、人間性のすばらしさが滲み出る、すがすがしい文体が好きです。その意味で、最近の芥川賞作家では、川上弘美さんが、文体の調べや気の良さ、「ものがたり」の面白さは群を抜いています。だから、大好きです。

また、最近の直木賞作家では、多くの体験から滲み出る、温かい文体と心憎い描写力、競馬好きの愉快な性質。そして、読後感が気持ちのいい浅田次郎が好きです。スケールが小さいとか、内容が浅いと言われますが、全く気になりません。どの作品も、皆に愛されるでしょう。

それでも、そのスケールと多様性、その詩心と文体、そして、優れた頭脳と天才性は、三島由紀夫の右に出る人はいません。ああ、なんで、あんなに早く死んでしまったんだ。あの死に至る理由は、よくわかるけど、日本文学の宝だったのに。特に、あのメチャメチャ面白いエッセー、緻密な評論を、もっと読ませて欲しかったのに……。

しかし、よしもとばなな、村上春樹、中上健次、開高健、安部公房、みんないい作品書くなあ。どの作家も、みんな偉い。「ものがたり」の魅力に取り憑かれた私ですが、優れた作品を生み続ける作家は、ジャンルを超えて本当に偉い。尊敬できます。自分が作り始めて、文学の味わいが豊かになるとともに、そのことを、つくづく実感する今日この頃です。

戸渡阿見（半田晴久（深見東州））

目次

装丁＝ｃｇｓ
写真＝ＡＧＥ／ＰＰＳ

短篇小説集

蜥《と》蜴《かげ》

戸《と》渡《と》　阿《あ》見《み》

盛り場

盛り場で男が酒を飲んでいる。

「ああ、今日もいい事なかったな。なにかいい事はないかな。ちくしょうー」

男はボヤキながら、バーボンを一気に飲み干した。

ふと横を見ると、若い女が酒を飲んでいた。えっ、と思うほどの美人で、肌が神秘的なほど白い。そして、黒髪がつやつやして、それが腰にかかるほど長い。男はこうつぶやいた。

「あっ、やばい。おれの好みのタイプだ。しかもこの匂い。朝シャンでリンスもたっぷりつけてやがる。あああー、これは……。学生時代に憧れていた彼女の、あのエメロンシャンプーの香りにそっくりだ。たまらない。ドキドキして、興奮してきた。手や口が震え、この女を齧《かぶ》りつきたい衝動を抑えるのが大変だ。う、う、う……」

その時、女はこちらを向き、ニッコリと微笑んだ。

「どうぞ、ご自由に嬲りついて下さい。私、痛くされるの好きですから」

「えー、えー」

男はこの唐突な女の言葉に驚き、椅子から転げ落ちた。バーテン兼マスターが心配そうに言った。

「だ、だ、大丈夫ですか、お客さん。けがはないですか」

「あ、あーっ。だ、大丈夫だ」

「突然、椅子から転げ落ちるんで、ほんとにびっくりしましたよ」

「す、すまない」

男がちらっと女の方を見ると、女は平然とウイスキーを飲んでいる。

「この女、なんでおれの心が読めるんだ。しかし、ご自由にと言われても、ここは盛り場だ。他の客もいる。それに、痛いのが好きと言っても……、おれにそんな趣味はないし……」

男が心の中でそう思っていると、突然マスターが言った。

「どうぞ、お客さん。二人が納得ゆくまで、ここで徹底的に齧り合って下さい。なんでも、ご自由になさって下さい」

「え、えー。そ、そんなあああ。なんでマスターまで、おれの心が読めるんだ」

男の頭は混乱した。

すると、他の客も男の方を振り向き、こう言った。

「どうぞ、昔のあこがれ女性の、エメロンシャンプーに似た香りの女性を、思う存分齧りついて下さい。それから、二人で何でも好きな事して下さい」

「え、え、え、えー—。なんで、なんで皆さんはおれの心が読めるんですか。しかも、エメロンという、昔の商品名までわかるんですか。教えて下さい。その女性も、マスターも、なんでおれの心が読めるんですか。ギャアー……！　もう、頭が狂いそうだ」

マスターは、ポツンとこう言った。

「ぼくは、ドクシンですから」

隣の客もこう言った。

「わしも、この歳《とし》でドクシンだからねえ」

また別な客もこう言った。

「ここにいる人は、みんなドクシンですから」

男は、またまたのけぞった。

「じゃあ、妻のいるおれだけが、ドクシンじゃないので、人の心が読めないのか」

マスターが言う。

「そういうことになりますね」

男は心の中で思った。

「じゃ、隣の女性もドクシンなのか」

その瞬間、女は言った。

「そうよ。ドクシンよ。淋しい、淋しいドクシンよ。先日タイに行って、三十万円で手術したのよ。でも、まだ本当に使えるかどうか試してないのよ。だから、淋しいわ」

男は、背中に氷を入れられたような、強烈な悪寒を感じた。そして、身体が凍りついたように固まって、身動きできない。

「お、おかまだったのかあ……」

女は即応する。

「おかまじゃだめなの」

「いえ、そんなああ……」

と男が答えた刹那、マスターが店の電気を消した。

女は、「ウオー」という雄叫びと共に、男に襲いかかった。嫌がる男を取り押さえ、念願の試運転を何度も試みたのだ。男の驚きと恐怖は、頂点に達した。男は心で叫んだ。

「やめてくれ――」

すると、女はパッと離れ、すぐに元の席に戻った。マスターも電気をつけ、何事もなかったかのように、皆は酒を飲んでいる。

男はキョトンとして言った。

「あのー。皆さん、急にどうして元に戻ったんですか」

マスター「あんたの心の叫びを、ドクシンしたからさ」

男「言葉で言っても聞いてくれないのに、何で心で叫ぶと聞いてくれるんですか」

マスター「そりゃあ、みんなドクシン者ばかりだからさ」

男「それに……、何で皆がいる前で、おかまが堂々と男を襲っても、ここでは許されるんですか」
マスター「そりゃあー、単純な理由さ」
男「単純な理由?」
マスター「そう、ここは、皆が認める『サカリ場』だからね」
女「そうよ。私は『サカリ場』の女。いつでも、あなたとサカルわよ」
客「ドクシン者にサカリが来たら、みんな自然にここに集まるのさ」
別な客「お互い、心が読める同士だから、ここにいるだけで幸せなんだ。心が嫌がることは絶対しないし……。心を読んでくれない妻を持つ人は、ここに来ると最初は混乱するが、だんだん慣れてくると、ここが天国の出張所だということが解る」
男「天国の出張所?」
別な客「そう、天国では年齢、性別、職業など、社会的地位や名誉のようなものは、一切関係ないんだ。ただ、優しい心が共鳴する者同士が集うのさ」
「天国かあ……」

そう言われても、男には心を読んでくれない、どうしようもない浪費癖のある、あのヒステリーな、三段腹の妻が恋しく思えてならなかった。

てんとう虫

てんとう虫が、琵琶湖の浜の林を抜ける。草むらの小さな枝に、ちょこんと止まり、小休止している。今度はあの、大きな木の葉っぱに飛び、よければそこに住むつもりなのだ。

琵琶湖の湖面を流れる風が、てんとう虫の触角をなでる。

「飛ぼうかな、やめようかな」

風があまりにも気持ちよく、そこを離れる気がしない。

「飛ぼうかな、もう少しもう少し、このままここにいようかな」

てんとう虫がぐずぐずしていると、湖畔から音楽が聞こえてきた。そのリズムに乗って、若者達は踊り狂っている。てんとう虫は、あまりにも気持ちいい風に、目をうっとりさせている。しかし、その躍動感あるリズムが、体に伝わり、少しずつ、手足が踊り始めるのだった。だんだん乗ってきたてんとう虫は、その音楽の鳴る所が気になり、思わず飛び立った。

「いったい、誰がこの音楽を奏《かな》で、どんな人達が踊っているのだろうか」

気になって、見に行くてんとう虫は、自分も、その人達と一緒に踊りたくなった。微《かす》かな、蚊より微かな音を立て、てんとう虫はウキウキと飛ぶ。

「いったい、この音楽はなんという曲かな」

と思いつつ、ある若者のTシャツに止まった。すると、驚いたことに、湖畔で踊る三十人ばかりの若者の背中に、てんとう虫がウジャウジャ居るではないか。その数、三万六千匹。てんとう虫は驚いた。

「なんで、こんなに多くの……。ぼくの仲間が……」

あとはもう、声にならない。体は固まって、まるくまるく、赤いパチンコ玉のようになった。もう、Tシャツには止まってられない。そのまま、コロコロ砂地に落ちて、転がるしかなかった。仲間のてんとう虫は、みんな楽しそうに踊っている。人間とてんとう虫が、一体となって夢中で踊り狂っている。

この音楽は、てんとう虫を喜ばせ、呼び寄せる魔力があるのだ。固まって転がるてんとう虫も、だんだん楽しくなり、赤い玉から元の姿に戻った。てんとう虫は首をかしげ、つぶやいた。

「不思議な音楽だ。魔法の音楽だ。でも、楽しい……」

その時、突然音楽が止んだ。司会の女性がマイクで言う。

「只今の曲は、『てんとう虫のサンバ』でした……」

「それで、転んだのかあ……」

てんとう虫は、妙に納得した。

その時、興奮から醒めた、一匹の雌のてんとう虫が砂地を転がる。コロコロ、コロコロ、苦しそうに転がっている。

「いったい、どうしたんだ」

われに返ったてんとう虫が、雌のてんとう虫の所に飛んでゆく。心配そうに見つめていると……、

「そんなに見ないで」

雌のてんとう虫は、恥ずかしそうに言った。

「あ、いや、ごめんなさい。ちょっと、心配だったんで。あの……。君、ここで何してるの?」

てんとう虫がおそるおそる聞くと、雌のてんとう虫は、キッパリ言った。

「私は妊娠してるの。踊りすぎて、今、お腹から卵が出そうなのよ」

「そ、それじゃ、今から病院に行かなきゃ」

「ばかな事言わないで。てんとう虫の産婦人科なんか、この琵琶湖周辺にあるわけないじゃない。いい病院は、六甲山にしかないのよ」

「ああ、あの有名な『六甲産婦虫科病院』かあ」

「そうよ」

「じゃあ、君、これからどうするつもりだい」

「自分で産むわよ」

「だ、だ、大丈夫かい。自分で産むなんて……」

「大丈夫よ。前にも一度、甲子園球場の蔦《つた》でも産んだわ」

「す、すごーい。君って、精神力あるんだね。ぼくの姉なんか、初めて産卵するとき、大変だったんだ。親戚中が集まってね。医者や看護師や助産師さんも来て、大騒ぎだったんだ」

「ふうーん。私はぜんぜん平気よ」

「へえー。どうしてなんだい」

「私は……。こう見えても、てんとう虫のサンバなのよ。自分の卵ぐらい、自分で産めるのよ」

「ほお……」

雨

琵琶湖一面に雨が降り注ぐ、五月のある日。午前中の春雨から、午後はどしゃ降りの雨となった。ちょうど昼頃、春雨からどしゃ降りになろうとする時、二人の会話は始まった。

春雨「しっとり降るばかりの私に比べ、どしゃ降りさん、あなたには迫力があるね」

どしゃ降り「何言うてまんねん。春雨さんこそ、うらやましい限りや」

春雨「えっ？　どうしてですか。私のような、めめしい雨に比べ、どしゃ降りさんは男らしい。雨らしい。以前から、そう思ってました」

春雨は、うらやましそうに、松林の陰でどしゃ降りに近づいた。

どしゃ降り「そんなに言うてくれるのは、春雨さんだけや。わしら、どしゃ降り一族は、いつも皆の憎まれものや。それに比べて春雨さんは、食べ物にたとえられ、ロマンチックな文学にも登場する。ほんまに、人間に愛される、うらやましい雨や」
春雨「そうかなあ」
どしゃ降り「そうやでえ。春雨というのは、中華料理にも、日本料理にも使われるけど、どしゃ降りは、どんな料理にも使われることはない」
春雨「それもそうだね」
どしゃ降り「それに、月形半平太も、『春雨じゃ、濡れて行こう』と言えば、ええ芝居になる。しかし『どしゃ降りじゃ、濡れて行こう』と言えば、どうなる?」
春雨「風邪ひくね」
どしゃ降り「カツラもずれる」
春雨「メイクはグジャグジャ」
どしゃ降り「それだけやない。本来、春雨だったものがどしゃ降りになり、地球温暖化の恐い芝居になる。そうやろう」
春雨「そうかなあ」
どしゃ降り「そうやで。わしらどしゃ降り一族は、川べりで降れば洪水を警戒され、皆で踊れば、局地的集中豪雨と恐れられる。ほんまに、おちおち宴会もやってられんわい。その点、春雨さんはええなあ。どんなに、一族でパーティーやダンスしても、地球温暖化を心配されたり、ニュースで恐がられることもない」

春雨「そうです。私たち春雨は、松林や森、学校やビルの谷間で、日陰者のようにしか降れないのです。そういう、悲しい運命《さだめ》の雨です」

どしゃ降り「おいおい、そんなに泣くなよ。そんな悲しい顔すると、わしまで泣けてくる」

　琵琶湖の白髭浜《しらひげ》は、春雨が降りしきり、またどしゃ降りとなり、何度かそれが繰り返された。

春雨「誰にも知られない、こんな日陰者のような雨よりも、どしゃ降りさんのように、観測史上の記録になったり、新聞、テレビで報道される雨になりたい！」

どしゃ降り「ええっ！　本当に？　今まで、地球創成からどしゃ降りやってるけど、こんなに褒められたのは、初めてのことや。ほんまにありがとう」

春雨「私の方こそ、本当にありがとう。私も、地球創成から春雨やってるけど、こんなに褒められたのは、初めてのことです」
どしゃ降り「そうかなあ。わしは春雨さんが、うす曇りの空から降り、日光を吸収して虹を作る時、いつも見とれてたよ。人間も『わあ、きれいな虹だ。春雨に、日光が反射してるんだ……』と、いつも讃えてた」
春雨「ああ、あれは……。私より、虹を褒めてたんですよ。それより、どしゃ降りさんこそすごい。日照りが続き、お百姓さんが困ってる時、雨乞いすれば必ずあなたは来て、人々を助けたでしょ。どの人も、涙ながらにあなたの到来を喜び、感謝しました。わたしは、なんと頼もしい、偉大な方だと尊敬しました。あなたは、まるで神仏の化身です。そして、人や田畑の救い主です」
どしゃ降り「いやあ……。あれは……、龍神が『お前行け！』と言うので、しぶしぶ行っただけや。偉いのは、龍神さんです……」
春雨「またまた、ご謙遜《けんそん》を……」
どしゃ降り「あんたこそ、ご謙遜を……」
春雨「私たち、どこか性質が似てますね」

どしゃ降り「そりゃ、お互い空から降る水や。元は同じです……」
春雨「でも……。私は……、どうしても霧雨や、時雨《しぐれ》や、梅雨とは馴染めないんです」
どしゃ降り「ああ、あいつら。根性ないくせに、演歌やポップスで歌われたり、文学にもよう出る。それで……、中途半端な雨のくせして、ほんま、なまいきなんや。あんたが馴染めんのも、無理ないよ」
春雨「そうですか。やはり……」
どしゃ降り「しかし……。あんたとは気が合うねえ」
春雨「そ、そうでしょう。わたし達、やっぱり似てますよ」
どしゃ降り「ほんまや、ほんまや。わしら、ええ友達になれそうや」
春雨「ええ、本当に……。お互いを、心から尊敬できる真の友情が、はぐくめますね」
　この時、琵琶湖の湖面に春風が吹いた。すると、どしゃ降りの雨と春雨が混じり合い、竹生島《ちくぶしま》まで、散歩のように雨が移動した。
　樹齢一千年の松に、鵜《う》の群れがとまっている。どしゃ降りと春雨の混じった雨を、気持ち良さそうに、羽根で感じている。

春雨「ああ、楽しかった。白髭浜からここまでの散歩が、こんなに楽しいものとは」
どしゃ降り「やっぱり、心の通う友達と一緒にいると、安らぐね。わしも、ほんまに楽しかったわ」
春雨「今度、またお会いしましょう」
どしゃ降り「そうやね。いつ会える?」

二人が、再会の約束をしていた時、突然大きな雷鳴が轟いた。恐ろしい稲妻は、墨を溶かしたような雲を割り、光の血管のように空を走る。横なぐりの雨が、暴風と共にやって来たのだ。山口県から、琵琶湖にやって来た雨である。

横なぐりの雨「おいおい、どけどけ。竹生島見学の邪魔でやんす。お前ら、どっかあっちへ行け。ぐずぐずしてると、横なぐりになぐるでやんす」
どしゃ降り「おい、おっさん。急にやってきて、なに偉そうに言うてるねん。お前ら、どこのもんや。名を名乗れ」

春雨は恐くて、島かげで震えている。

横なぐりの雨「おい、大阪の……。よく聞いたでやんす。わしらの名を聞いて、腰を抜かすなよ」
どしゃ降り「腰なんぞ抜かすかい。雨に腰があったら、雨やない。吹雪じゃ」
横なぐりの雨「な、なんで吹雪でやんす」
どしゃ降り「あほか。お前ら、知らんのかい。あの有名な宝塚スター、『コシ路ふぶき』を……」
横なぐりの雨「知らんでやす。わしら、任侠物《にんきょうもの》しか興味ないでやんす」
どしゃ降り「……と言うと。山口県から来た雨とは……」
横なぐりの雨「ふ、ふ、ふ……。ようやく、気がついたでやんすか」
どしゃ降り「ま、まさか……」
横なぐりの雨「その、まさかでやんす」
どしゃ降り「山栗組……」
　ピカーッと光る稲妻は、竹生島の松に落雷した。島かげで怯えていた春雨は、驚きと恐怖のあまり、固まってしまった。なんとか、春雨を守ろうとするどしゃ降りの雨。ここで、負けてはいられない。勇気を奮い起こして、どしゃ降りは啖呵《たんか》を切った。

どしゃ降り「やいやい、山栗組の横なぐりの雨よ。わしを、誰やと思うとるねん。こう見えても、わしは、大阪の住吉神社に降る雨や。池の亀も一目を置く、住吉のどしゃ降りの雨じゃい」

横なぐりの雨「ほう。御堂筋の雨でやんすか」

どしゃ降り「あほか。欧陽菲 菲《おうやんふぃーふぃー》とはちがうわい。わしは中華系の雨やない。れっきとした日本の……、しかも、全国住吉の総本山、大阪住吉のどしゃ降りじゃ」

横なぐりの雨「すると……。ま、まさか……」

どしゃ降り「ふ、ふ、ふ。その、まさかやんけー」

横なぐりの雨「……、住み良き連合……」

　ぴゅうーと吹く湖面の風に、黒塗りベンツのような雲は、急に散り始めた。そして、だんだん灰色の雨雲になっていった。

横なぐりの雨「お、お見それしやした」

どしゃ降り「わかれば、ええんやけどなあ……」

横なぐりの雨「こ、この度は、大変失礼しやした」

どしゃ降り「仁義を通せば、何の問題もあれへん。琵琶湖を、一緒に楽しめばええんや」
横なぐりの雨「お、おっしゃる通りで……。ここは、何とぞ穏便に……」
どしゃ降り「ま、筋さえ通せば、わしは……、物わかりの悪いほうやない。ところで、あんたら、山口県のどこから来たんや……」
横なぐりの雨「実は……。われわれも、山口県の住吉神社からでやんす。もっと詳しく言えば、奥宮の、蓋井島《ふたおいじま》から来たんでやんす」
どしゃ降り「ええ、なんやてええ。じゃ、あの……。神功皇后《じんぐうこうごう》が光の玉を秘め置いた、蓋井島から来たんかい」
横なぐりの雨「そうでやんす」
どしゃ降り「そ、それじゃ、わしとは兄弟やないか。身内やないか。奇遇やなあ……、これは……。すると、あんたらは、住み良き連合の組員でありながら、山栗組でもあったのか」
横なぐりの雨「そうでやんす。母方が住み良き連合の組員で、父方が山栗組でやんす」

どしゃ降り「そりゃ、山口県にあるんやから、しょうがないな」
　この時琵琶湖は、横なぐりの雨とどしゃ降りの雨で、湖面は大いに荒れた。しかし、吹く風は春風で、肌に心地よく、暖かかった。「神功皇后」という言葉に、微妙に反応した春雨は、ほっとした表情になった。すると、微かに笑みを浮かべ、小さく言った。
春雨「どしゃ降りさんと私は、親友になったけど、こんな深い縁《えにし》があるとは思わなかった」
どしゃ降り「えっ。なに？　それ？」
春雨「実は、私は神功皇后が矛《ほこ》を納めた、兵庫県の甲山《かぶとやま》に降る春雨です。つまり、甲山を奥宮《おくみや》にする、廣田神社の春雨なのです」
どしゃ降り「ええぇ……。それが、どうして琵琶湖に来たんや」
春雨「琵琶湖に近い、多賀大社《たがたいしゃ》に母の延命祈願に来たんです。そのついでに、琵琶湖で遊んでいたのです」
どしゃ降り「春雨の母と言うと、葛きりか……」
春雨「それは、食べ物です。私の母は、冬の雪です。六甲山、甲山、廣田神社。昔は、冬にはたくさん雪が降り、本当にきれいな景色でした。しかし、地球の温暖化により、あまり雪が降らなくなり、私の母も、寿命が尽きようとしてるのです。山に降る雪から、本当の春雨は生まれます。雪の降らない山の春雨は、美白じゃない。緑の普通の雨なのです」
どしゃ降り「そうか。そうだったのか。そんなに親孝行で、信心深い、健気な春雨だったのか。わしが友情を感じ、好きになったのも、春雨のそういう部分だったのや。ますます、春雨が好きになった」
春雨「いいえ、私こそ。私を守ろうとして、勇気を出して啖呵を切った時、全身がしびれました。あれが、本当の男の義。命がけの友情です。私は、どしゃ降りさんと友達になれて、ほんとうによかった」
横なぐりの雨「それにしても、三人は神功皇后にまつわる、雨友達でやんす」
どしゃ降り「ほんまやなあ、兄弟。友達の友達は、みんな友達や。横なぐりさんも、春雨と仲良くしてや。お願いするわ」
横なぐりの雨「もちろんでやす。さっきからもう、仲良くバンガローの屋根に降っておりやす」
どしゃ降り「なんだか、楽しくなって来たなあ。歌でも、歌おうかなあ」
春雨「それはいいですね」
どしゃ降り「どーしゃ降りーのー雨の中かあで、私は、独ーりー」
春雨「独りじゃないでしょ」
どしゃ降り「ほんまや、ほんまや」
横なぐりの雨「粉ぬかー、雨降るー、御堂筋ー」
どしゃ降り「住吉大社やー、ちゅうの」
春雨「雨にー、濡れながーらー、たたずーむ女性《ひと》がいる——」
どしゃ降り「三善英史かあ。古い歌、知ってるねー」
どしゃ降り、春雨「今度はデュエットで……。ランラ——、ララ、ララ——、ランラ——、ラ、ラ、ラ、ラ——」
横なぐりの雨「あ、あ、それは。ミュージカルの『雨に唄えば』だ。二人は、仲良しでやんすねえ」

こうして琵琶湖は、横なぐりの雨、どしゃ降りの雨、春雨が楽しそうに交互に降り、時々、一緒に降った。竹生島の松に止まっていた鵜の大群は、一斉に飛び立ち、列になって飛び回っている。雨が歌えば鵜は啼き、うれしそうに湖面をくぐり、魚を捕ってまた飛び立つ。こうして、不思議な雨の友情が続く琵琶湖は、だんだん梅雨の季節に入っていった。

バカンス

ある男女が、琵琶湖でバカンスを楽しんでいる。

女が言った。

「あなたって、バカンスは嫌い?」

男が言った。

「バカンスンな。好きに決まってるだろう」

女が言った。

「私のことは嫌い?」

男はため息をつきながら、こう言った。

「嫌いな人と、バカンスに来るわけないだろう」

女もため息をつきながら、寂しそうに言った。

「でも、知りあった日から半年過ぎても、あなたって手も握らない……」

男は、ニヤッと笑った。

「それって……。松田聖子の『赤いスイートピー』の歌詞じゃないか……」

「そうよ」

男は、夕食の時間が気になり、袖をまくってちらっと腕時計を見た。

「もう五時か。そろそろ来るな」

すると、女は一層悲しそうな顔をして、こう言った。

「何故、あなたが時計をチラッと見るたび、泣きそうな気分になるの?」

「おいおい、突然何を言い出すんだ。急に頭が変になったのかい」

「『赤いスイートピー』の、二番の歌詞なのよ」

その時、湖で泳いでいた娘が帰ってきた。

「ただ今。あーあー、お腹空いたあー。ご飯まだあ」

男は言った。

「ここはバンガローだから、皆で一緒にご飯を作るんだ」

娘「わかった、わかった。パパは自衛隊だから、いつも家族のチームワークを強調するのよ。バンガローでも、寿司屋の寿司を注文できるのよ」
男「バンガロー!! それじゃ、バカンスにならんだろう……」
娘「わかった。わかった。ママー。はあーい。これ、スイートピーをどうぞ!」
女「まあ、かわいいー。赤いスイートピーだわあ。これ、どうしたの?」
娘が何かを言おうとすると、男は遮《さえぎ》り、気難しい顔して言った。
「そ、それは……。線路の脇のつぼみは……」
女と娘「赤いー、スイ――トピィー!」
女「なんだ、知ってたのね、その歌詞」
娘「あのね……。その花は、岸辺というダイバーからもらったのよ」
女「岸辺さんねえ。きっと、あなたのことが好きなのよ」
娘「うーん。私も……、まんざらでもないかなあ……」
男は、あきらめたような顔をして、つぶやくように歌った。
「心の岸辺に咲いた、赤いスイートピー」

女と娘は、突然、猫がねだるように男にすり寄り、猫なで声で言った。

「ねえー。パパー。もうあと三日、ここでバカンスしないー？　パパのこと、すごーく、すごーく、愛してるのよ！」

男は、その瞬間、ぷいと後ろを向いた。しばらくすると、おもむろに振り向き、しょうがないなあと言う顔で、また歌った。

「このまま帰れない、帰れない。心に春が来た日は、赤いスイートピー」

リンゴとバナナ

プールでリンゴが泳いでいた。バナナは心配になって、リンゴを励ました。

「おーい、リンゴ。あまり泳ぎすぎるなよ。足がこむら返りになると、おぼれるぞ」

リンゴが言い返した。

「そんな、バナナことにはならんよーだ」

すると、バナナも言い返した。

「おぼれると、アップル、アップルするよーだ」

リンゴは怒った。

「君の国とは、『国光《こっこう》』りんご断絶だ」

バナナも言い返した。

「そんな、『むつ』ーとした顔するなよー」

リンゴは、顔を真っ赤にして怒った。

「腹立って泳ぐので、顔が『紅玉《こうぎょく》』してきた」

バナナは、何食わぬ顔で言った。

「りんご『富士』、山ろくオーム鳴くだ」

リンゴは、一瞬首をかしげた。

「何だあーっプル。よくわからふらんす」

バナナは言った。

「どんなルートで、『国光』断絶りんごを手に入れるか。ルートが割り切れない思いだ。この根性ナシの長十郎、二十世紀最大の根性ナシ」

リンゴは、この言葉に驚いた。

「キョホー。山なし武道で鍛えたこの体。君とは、決闘するしかない」

「場所は、どこだ」

受けて立つ気持ちで、バナナはたずねた。

「オーストラリアの首都、『キャンベル』だ」

リンゴはあっさり答えた。

「キョホー。長野農協より遠いよ、そこは」

バナナは嫌気がさした。リンゴも面倒になった。

「めんどうだから、決闘はやめだ。これでもう、争いの『種ナシ』だ」

とリンゴが言った。バナナも笑って言った。

「マー、スカットしたね」

それで、二人は仲直りして、プールで一緒に泳いだ。よく見ると、そこは、フルーツポンチのボールの中だった。

エビスさんと大黒さん

突然、空から笹の葉が、ヒラヒラヒラヒラ舞い落ちる。地面に敷きつめた笹の葉は、不思議にも不思議にも、金色まばゆく輝いた。
よく見ると、そこにエビス様が立っている。ニコニコしながら、エビス様は言った。
エビス「わしは、エビスだ。エビオスじゃない。腸は快腸だあ」
いつの間にか、その横に大黒さんが立っている。ニコニコしながら、大黒様は言った。
大黒天「わしは大黒だ。タイ国やマレーシアじゃない」
エビスさんは、突然、ビールを飲み出した。
エビス「わしは……、西宮《にしのみや》神社の祭神《さいじん》じゃが、東京の恵比寿に祭られた、摂社《せっしゃ》があってのう……」
大黒天「拙者、知らぬままであった。許せよ！」

エビス「急に、サムライ言葉になったな。では、お主《ぬし》も、一献《いっこん》どうだ……」
大黒天「これはこれは、かたじけない。部屋は、かたじけないといかんなあ……」
エビス「なんのこっちゃ」
大黒天「さっきから、目黒の行人坂《ぎょうにんざか》の、家が気になってなあ……」
エビス「イエーーッ！」
大黒天「なんのこっちゃ」
その時、大黒さんはおもむろに袋を開け、中からブドウ酒を取り出し、一人でチビチビ飲み始めた。
エビス「大黒さん。わしがビールを飲むのに、なんでワインを飲むんだ？」
大黒天「ワインの勝手や！　好きにさせてくれ」
エビス「北海道では、熊でも飲むというのに、なんで、あんたはワインなんだ」
大黒天「だから、ワインの勝手だって。それにしても、北海道の熊は、シャケは食べるが、酒も飲むのかな？」
エビス「飲むよ、ベアーだもんね」

大黒天「何だって?」
エビス「スキー客も熊も、ジョッキで札幌ベアー飲んでるよ」
大黒天「へえー。初めて聞いたな」
エビス「わしも、初めて言ったな」
大黒天「ところで……。摂社の話だが……」
エビス「その前に、なんで家が気になるのか、言ってくれ」
大黒天「イエー――ッ!」
エビス「それ、わしがさっき言ったギャグだ」
大黒天「イエーツという詩人がいるが……」
エビス「ふむ、むむ……」
大黒天「それとは、関係ないんだ」
エビス「関係ないなら、言うな!」
大黒天「実は……。家の片づけをしていて、このワインを見つけたんだ」
エビス「ほう、それで?」

大黒天「全国の甲子大黒天《きのえねだいこくてん》崇拝者が、中元や歳暮を贈ってくれるが、ついやりっ放しになってな……」

エビス「大黒天には、眷属《けんぞく》のネズミがいるじゃろう。ネズミに、整理整頓させればいいんじゃ」

大黒天「それが……。わしの眷属は、二十日ねずみでなあ、一カ月に二十日しか働かんのじゃ。餌は、二十日大根しか食わんし……。そのくせ、給料は二十日に振り込んでくれと、いつもせがみ薬局じゃ」

エビス「結局、薬局、バカな猫を飼うしかないね」

大黒天「なんでじゃ？」

エビス「『トムとジェリー』のように、猫いじめに喜びを見出し、生きがいをもって働くじゃろう」

大黒天「ねずみの方がバカだったら、どうする？」

エビス「ネコむな」

大黒天「わしの眷属は、たぶんそっちの方だ」

エビス「どこの仏様も、みんな眷属で頭を悩めてるねえ……」
大黒天「昔から、『眷属使うは苦を使う』と言うが、本当にそうじゃのう」
エビス「本当じゃなあ……」
大黒天「だから、わしは家が気になるのじゃ」
エビス「なるほど」
大黒天「もっと家を片づけたら、色々な宝物が発見できるのに……それをみすみすミスして……、ミセスになる……」
エビス「大黒さんは、働き者を守護する神じゃから、言うのも無理はない」
大黒天「ほんとうに、その通りじゃ。全ての仕事は、整理整頓からじゃ」
エビス「セイリは、本当に大事じゃのう」
大黒天「大事じゃ」
エビス「あれがなくなると、ホルモンのバランスがくずれる」
大黒天「セイリしすぎて、ホルもんがなくなる」
エビス「過多はよくない。せめて、不順ぐらいで止めないと……」

郵 便 は が き

料金受取人払郵便

荻窪局承認

8239

差出有効期限
平成21年9月
27日まで
(切手不要)

1 6 7-8 7 9 0

185

東京都杉並区西荻南2-20-9
たちばな出版ビル

株式会社 たちばな出版

『短篇小説集 蜥蜴《とかげ》』係行

(フリガナ)	
おなまえ	
おところ	(〒 -) 電話 ( ) eメールアドレス( )

通信販売も致しております。挟み込みのミニリーフをご覧下さい。
電話 03-5941-2611 (平日10時~18時)
【ホームページ】http://www.tachibana-inc.co.jp/からも購入いただけます。

性別	1.男　2.女	職業		年齢	

ご購入書名　　　　短篇小説集　蜥蜴

お買上げ書店名　　　　市町　　　　書店

□書店に、たちばな出版のコーナーが　　あった　　なかった
□本書をどのようにしてお知りになりましたか？
A.書店で　　B.広告で（新聞名　　　　）
C.書評で（新聞雑誌名　　　　）D.当社目録で
E.ダイレクトメールで　　F.その他（　　　　）

本書を読んだ感想、今関心をお持ちの事などお書き下さい。

本書購入の決め手となったのは何でしょうか？
①内容　②著者　③カバーデザイン　④タイトル　⑤その他

今後希望されるタイトル、本の内容、またはあなたの企画をお書き下さい。

最近お読みになった本で、特によかったと思われるものがありましたら、
その本のタイトルや著者名をお教え下さい。

当社出版物の企画の参考とさせていただくとともに、新刊等のご案内に利用させていただきます。また、ご感想はお名前を伏せた上で当社ホームページや書籍案内に掲載させて頂く場合がございます。

ご協力ありがとうございました。

大黒天「なにを言ってるのだ。わしは、使い勝手のよい整理整頓を言ってるのだ。過度なきれい好きは、使い勝手がわるい。何事も、ほどほどが良いのじゃ」
エビス「だから、過多は良くないのじゃ」
大黒天「過多じゃなく、過度だろう」
エビス「角の立つこと言うね」
大黒天「角が立ったら、カタなしだ」
エビス「過多なしなら、正常じゃないか」
大黒天「なにを言ってるのだ」
エビス「とにかく、文句があるなら、月のものを支配する、お月様に言ってくれ！」
大黒天「そんなら言おう。お月様の、バカヤロオオオ！」
エビス「本当に言わなくても、いいと思うけど……」
大黒天「全世界の、生理痛、生理不順で悩む女性に成り代わり、お月様に文句言ってやるのだ。おーいお月様！　正常にしてくれ！　田園調布より、成城にしてくれ！　その方が、スーパーが近い……！」

エビス「何を言ってるのだ！」
　酔っぱらった大黒天の、意味のわからぬ叫びを聞いて、お月様が降りて来た。
お月様「大黒天よ。久しぶりだね」
大黒天「ああ、あなたはお月様。なにかご用ですか。このワイン、一杯どうですか？
ヒック、ヒック」
お月様「あなたが呼んだから、私は来たのよ」
大黒天「えっ？　わし、呼んだっけ？」
エビス「呼んだよ呼んだよ。月に向かって、雄叫《おたけ》んだよ！」
大黒天「月見うどんを見た、狼男じゃあるまいし……。ちょっと、ワインが回ったかな
……」
お月様「大黒天よ、よく聞け。人間の内臓には、みんな月偏がついている。肺、胃、腸、
肝、腎がそうじゃ。つまり、人間の内臓は、月の神が守護する領域なのじゃ。そして、
人間の欲望や煩悩も、そこから現われ、生命維持をしてるのじゃ。これに対し、太陽は
心臓や頭脳、神経を守護し、人の優しさや精神を司《つかさど》るのじゃよ」

エビス「へえー、そうだったのかあ」
大黒天「む、む、む……」
お月様「そして、日が月を支配し、バランスがいいと、明《めい》になる。つまり、明るく活発な、精神や健康状態になるわけだ」
エビス「なるほど」
大黒天「む、む、む、む……」
お月様「だから、女性が生理不順や生理痛で悩むのは、自分の中の、月の神と日の神を大切にしないからじゃ」
大黒天「と、言いますと？」
お月様「女性は内臓を冷やし、血流を悪くし、月神《つきがみ》を克《こく》すのじゃよ。また、家の整理整頓、炊事、洗濯、掃除、洗い物を、積極的にやり、絶えず体を動かしていたら、内臓に血がよくめぐり、月神は生き生きしている。また、不平、不満を言わず、何でも前向きで、何でも喜び、何でも積極的に生きる人は、自分の日の神が輝くのじゃ。だから、日の神の光が、月神に反射し、内臓もホルモンも、みんな元気になるのじゃ」

エビス「なるほど、なるほど。なるほどザワールド。それなんだ……。エビスは、『笑《え》みす』とも言って、いつもにこにこ笑ってる。本名は蛭子大神《ひるこおおかみ》だが、本当は日の御子《みこ》だったり、太陽神『大霊女《おおひるめ》』の子で、ヒル子と言うのだ。エジプトだったら、太陽神ラーの子たるファラオの、息子だな。それで、西宮神社の本殿は、天照大御神が中心なんだ。肝心の蛭子大神は、右側に謙虚に鎮座している。だから、日の神が中心なんだ。それで明るいんだ。めでたいんだ。鯛を釣ってるんだ。ワハハハ。お賽銭《さいせん》も、いっぱい来るんだ。ワハハハ。『笑う門には福来たる』、『笑うエビスに、賽銭来たる』だ。ワハハハ。また『ならぬ堪忍、するが堪忍』と言ってな、何事があろうと笑って忍耐するのが、本当のエビスなのだ。それが、鯛を釣る極意でもある。ところで、商売は、牛のよだれの如しとも言う。細く、長く、飽きないでやるから、『商い《あきな》』と言うのだ。そして、いつでも笑い、どこまでも根気良くやるのが、商売の極意と言える。『商売繁盛』で、ササ持って来い！『商売繁盛』でササ持って来い！」

大黒天「ビールが、だいぶ回ってきたようだね。ところで、その『ササ』とは何なのじゃ」

エビス「『ササ』か。酒のことでもあるし、運や神徳《しんとく》のことでもある。ワハハハ」
大黒天「なるほど、あんたのその笑いは、日の神の神徳そのものだったのだ」
お月様「そうよ。笑いは免疫力を高め、リンパやホルモンも、よく巡らせるのよ。そういう女性は、お産も軽いし、生理も軽いのよ」
大黒天「お月様も、急に女らしくなっちゃった。自分の中の、日の神を呼び起こし、月の神も喜べば、そりゃあ幸せで健康だね」
エビス「ワハハハ。自分の中の日の神を、笑いで呼び起こせば、ツキがめぐって運も良くなる。だから、バクチにも戦さにも強くなり、商売も大繁盛じゃ。それが、西宮エビスの神徳なんじゃ。ワハハハ。辛い、苦しい、大変だと言って、仏頂面《ぶっちょうづら》する奴は、ツキが落ち、ツキに見放され、運のツキじゃ。ワハハハ。笑えない時にこそ、あえて笑うのじゃ。ワハハハ。笑って笑って、笑い飛ばすのじゃ。苦境を笑い飛ばす、勇気と度胸。そして、根性が必要じゃ！　そんな奴しか、本当はな、エビスの守護を受ける資格はないんじゃ。ワハハハ」
お月様「そうよそうよ。お天道様で日焼けして、顔が大黒天になり、穀物を豊かにならす。それが、働き者の大黒さま。そして、いやなことがあっても、笑顔で忍耐するエビス様。これが、本当の福の神よ。こういう福の神に、私は月の運を与えるのよ。オホホホ……」

大黒天「ワハハハハ、ありがとう！」

エビス「ワハハハハ、まいどおおきに！」

大黒天、エビス「ワハハハハ、ワハハハハハ、ワハハハハ……」

この会話を、テレパシーで聴いていたねずみの眷属は、急に公休を返上し、取って付けたような笑顔を振りまき、家の掃除を始めた。いつまでも笑いが続く、金色のササの葉ジュータンの上。月光さやかにあたりを照らし、まばゆいくらい、星は煌《きら》めき続ける。

いつの間にか、エビスも大黒も姿を消した。あとに残ったのは、「大黒ブドウ酒」の瓶と、「エビスビール」の缶だけである。その後、東京のエビス神社の摂社あたりに、エビスビールの工場ができた。そこから、恵比寿駅が出来て恵比寿という地名も起こったのだ。これは、東京の歴史の、「エー、ビー、スー」である。

わんこそば

盛岡駅にキャンピングカーを停めて、わんこそばの店に入った。

店に入ると、お姉さんが漆塗りのお椀を出してくれた。このお椀に、一口分のお蕎麦《そば》が次々入るらしい。おそるおそる、そのお椀の蓋を開けた。するとお椀の底に、金泥《きんでい》で描《か》かれた犬の顔があった。

「わあ、これがわんこそばか」

ぼくは、なんだか恐くなって、急に蓋を閉めた。別のお姉さんが来て、「蓋を開けて下さい」と言うので、おそるおそるまたお椀の蓋を開けた。

すると、今度はお椀の底に、あざやかな金泥で女性の陰部が描かれてあった。

「わあああ、これが○んこそばかあ」

しばらく見とれていると、さっきの姉さんが来た。「そこに、やく味を入れて下さい」

と言って、無愛想に隣のテーブルに去った。もみじおろし、白ゴマ、焼のり、だいこんおろし、次々とお椀にやく味を入れると、金泥の○んこは見えなくなった。ぼくは、淋しくなってボーとしていたが、ハキハキした姉さんの声に、ハッとわれに返った。

「今からどんどん、ジャンジャン、お蕎麦を入れます」

もう、お蕎麦を入れるのか。ぼくは気になったので、もう一度箸でやく味を除《よ》けてみた。

すると、お椀の底はいつの間にか、金泥のうんこの絵になっていた。

「わあ、これがうんこそばか……」

驚いたぼくは、急いでそれをやく味で隠した。その時から、お姉さんがどんどん蕎麦を入れ始めた。「はいどんどん、じゃんじゃん、もっとー、頑張ってー」という掛け声とともに、蕎麦がだしと一緒に入れられる。量は少ないが、おだしを飲むと腹はふくれる。だから、お椀にたまったおだしを捨てながら、ぼくは夢中で蕎麦を食べ続けた。十五杯で、ざる蕎麦一杯分らしい。結局、百八杯食べた。しかし、その間、お椀の底の絵は変わらなかった。金泥のうんこ絵とともに食べた蕎麦は、うんこのぬくもりの味がした。とてもおいしかった。満腹でおなかをたたいていると、お姉さんは百八杯食べたという、お店の認定カードをくれた。

帰り際に、眼鏡をかけた女性店長が現われ、木でできた通行手形をくれた。そこには、「わんこそば百八杯！　みごとに平らげました。立派です」と書かれてあった。店の名前をよく見ると、盛岡妖怪そば処、「わうんこそば屋」と刻印されていた。

ある愛のかたち

太陽がまぶしい。そこで部屋に戻り、トイレに行った。まぶしかった太陽を思い浮かべていると、ツルツルと気持ち良くうんこが出た。卵を産んだ雌ジャケの周りを、雄ジャケが泳いで白い液をかけるように、黄色いオシッコがあとを追って勢い良く出た。そこから、愛の物語が始まった。シャケが産卵にくる北海道空知川《そらちがわ》のような、冷たく清らかな水が便器に流れるまで、うんことシッコとの、仲むつまじき会話が広がる。それは、束の間の愛の営みだった。

うんこ「おれは、健一のうんこだ。この男臭さが、おれの男としての誇りだ。どうだ、気に入ったか」

おしっこ「ええ。気に入ったわ。とっても男らしいわ。このたまらない男臭さに、今私はうっとりしているのよ。私は健一のオシッコよ。一人の人間から出て来た、あなたと私。従兄弟《いとこ》同士の恋愛のように、何か濃い縁《えにし》と同族の血を感じるわ」
うんこ「おれもだ。お前が、女らしい微かな匂いを漂わせ、おれの身体にぶつかった時、あっ、こいつは他人じゃない、おれの同族だと瞬間に感じたよ」
おしっこ「わたしもよ」
うんこ「バシャバシャとおれの身体を浸食する、お前の激しい体当たりに、おれは今まで感じたことのない、そう、幼なじみのなつかしさを感じた」
おしっこ「私はもっと、大人の愛を感じたわ。だって、あなたは神様ですもの」
うんこ「そ、そのことは秘密にしていたのに。なぜわかった？」
おしっこ「だって、私も同じ健一から出て来たのだから、それぐらい、直感でわかるわよ」
うんこ「そのことは、誰にも言うなよ。お前は、健一の血液の化身だし、健一の身体の水分を濾過《ろか》したものだ。海で漂流し、何日間も飲まず食わずでも、お前を飲めば、何とか健一は生きられる。そして、朝一番のお前を飲めば、健一は強力な免疫力を持つことができる。だから、お前は女神のような存在だ。

その点、おれは健一が食べたラーメンのカスだ。おれを食べても、生き延びられない。それどころか、大腸菌のために、逆に病気になってしまう。だから、世界中のおれの仲間は、強烈に臭いんだ。これがもし、薔薇や百合のような匂いなら、または無臭なら、世界中どうなると思う？」

おしっこ「そりゃ………、世界中の子供達が、喜んでバクバク食べるでしょうね」

うんこ「子供だけじゃない。霞のかかった老人も、バクバク食べるだろう。だから、おれは神命によって臭いのだ。皆が嫌だと思えるように、なるべく嫌な匂いになるよう、神が特別な匂いをブレンドし、わざわざおれに与えたのだ。つまり、このおれの強烈でいやな匂いは、神の人類に対する愛なのだ」

おしっこ「そこが、私の惹かれるところよ。あなたの自己犠牲を厭《いと》わぬ男らしさ、素晴らしいわ。皆の嫌われ者になっても、皆に『おれを食うな、食べると病気になるぞ』ということを、ありったけの臭さで表現しているのですもの。これ以上男らしい生き方はないわ。そして、皆に嫌われ、忌避されながらも、畑に撒けばあなたは最高の肥料の神様。穀物を豊かに成らせ、大地を太らせる神。その名は、埴安彦様《はにやすひこ》」
うんこ「しーーっ。その名を明かすでない」
おしっこ「いいえ。もう黙ってられないわ。あなたの偉大さ、尊さ、その男らしい潔《いさぎよ》さ。私が、長年探し求めた男の中の男、人に住む義心あふれる男神様。その義の心によって、あえて憎まれる匂いを発し、人類を病気から守り、食物を確保するために畑の肥やしとなる神様。私は、あなたと生涯を共にしたい。この命、あなたとなら、いつ果てても惜しくないわ」
うんこ「そういうお前は、弥都波能売神《みつはのめのかみ》だな」
おしっこ「最後まで、その名は隠しておいたのに……」
うんこ「お互い、本当の名を知った以上、もう他人ではない。許婚《いいなずけ》同士だ」
おしっこ「私の、最初の直感通りの結果になったわ」
うんこ「うん？　最初の直感？」
おしっこ「あなたが、大地の神となって生涯を終えるからこそ、大地の母神金勝要《きんかつかね》の神が、トイレの神様になられていること。そして、あなたと私の共通の色は、茶色と黄色。

つまり、黄金色の系統よ。だから、金勝要の神は黄金をもたらし、人に金運を与えるのよ。そんな神様が住む所だからこそ、トイレを掃除すると、女性が美人になるのだわ」
うんこ「それが、お前の最初の直感かい?」
おしっこ「いいえ。違うわ……」
うんこ「じゃ、なんだい?」
おしっこ「あなたこそが、私の許婚《いいなずけ》。私が、最初で最後の契りを結ぶ方。という直感よ」
うんこ「なんだ。それじゃ、おれの直感と全く同じじゃないか」
おしっこ「えっ……。そんな………」
うんこ「なんだかおれ、恥ずかしいなあ……」

しばらく沈黙が続いた後、二神は絡み合い、溶け合い、できたてのカレーのようになった。

その時、健一は水洗のレバーを回した。ドジャーンという音と共に、空知川の清流のような水が流れ、愛の営みカレーを、跡形もなく流し去った。シャーシャーと流れる音が続く中、雪のように白いＴＯＴＯ便器には、二神の愛の息遣いが残る。そこに、大地の母神金勝要之神の、金色《こんじき》の笑顔が浮かんだ。

―― 註　釈 ――

◆埴安彦《はにやすひこ》：伊邪那美《イザナミ》の神の糞から生まれた神。工芸の神であり、糞から生まれたため肥料の神でもある。榛名《はるな》神社などの祭神になっている。

◆弥都波能売神《みつはのめのかみ》：伊邪那美《イザナミ》の神の尿から生まれた、水の神。灌漑用水の神、井戸の神として信仰され、祈雨、止雨の神徳があるとされる。

チーズ

琵琶湖の近江舞子《おうみまいこ》の水泳場で、ひとしきり泳いだ少年は、泳ぎ疲れてバンガローに帰った。心地よい疲労でぐっすり寝た少年は、夜にふと目が覚めた。

「あれえ。テーブルの上にチーズがある。見たこともないチーズだ」

興味深そうに、少年はチーズを眺めた。箱や包装紙には、『十勝《とかち》』と書いてある。

「ふむー。母さんが夜食のために、買ってくれたんだ」

パリパリと音を立て、チーズの箱を開け、メタリックな光沢ある銀紙を剥がすと、柔らかそうで、密度の濃い乳脂肪が現れる。外は固そうだが、中はドロッとした不思議なチーズだ。少年は、初めて見たチーズの、芳潤な香りに鼻を近づける。

「うーむ。いい匂いだ。おいしそぉー。食べよおっと……」

少年がチーズを手に取り、食べようとすると、チーズから赤い液体が滲み出た。

「な、な、なんだ。このチーズは……」
驚いて、チーズを眺める少年を、嘲笑《あざわら》うかのように見つめる怪物がいた。首から上は全く羊で、それ以外は人間の、いやらしいぐらい、黒髪が美しい怪物である。
少年「ドヒャー！　か、怪物だあああ。逃げよう……！」
クヌム神「まて！　逃げるな。少年Aよ」
少年「ぼ、ぼくは少年Aじゃない。そ、そんな犯罪はやってない」
クヌム神「人間界では、名前の解らぬ少年を、少年Aと言うのではないか」
少年「言わないよ。言いません。あれは、新聞や雑誌で、未成年の犯罪者を表現する時だけですよ」
クヌム神「うむ……。『少年H』というのもあったな。少年のくせに、早くもエッチとは、けしからん奴だな……」
少年「あ、あれは、ぼくが尊敬する妹尾河童という人が書いた、自伝小説のタイトルですよ」
クヌム神「な、なにい！　背の低いオカッパ頭か。いや……、妹を、尾っぽから河童に変える霊力があるのだ。それは……、すごい奴じゃ……。そんな奴が、痔になった理由を小説にするとはなあ……。人間界も、まだまだ未知と神秘に満ちておるなあ……。少年が尊敬するのも、無理はない。わしは、河童なら河童、妹なら妹と、泥をこねて作るだけだ。まだ……、途中で妹を河童に変えることはできない」

少年は、その不思議な怪物をまじまじとながめ、なにかしら、親しみを感じ始める自分に、安堵を感じていた。手はまだ、小刻みに震えているが、顔はすでに微笑みつつある。

少年「あの……。羊の怪物さん……」

クヌム神「し、失礼なことを言うな。わしは、怪物ではない。れっきとした、エジプトの神だ。名をば、天普通国準急県特急《あめふつうくにじゅんきゅうけんとっきゅう》の……ケントッキュウフライドチキン、泥こね奉《たてまつ》る騒々しい創造神、クヌム神《しん》と申すのじゃ」

少年「ほんとうですか」

クヌム神「ウソじゃ」

少年「なあーんだ」

クヌム神「ただの、クヌム神でいいのじゃ」
少年「ただと言うと、お布施は要らないんですね」
クヌム神「そのチーズを、少しわけてくれれば、それでいいのだ」
少年「どうぞ、どうぞ。でも、このチーズ、すごく変なんですよ。普通のチーズじゃないんですよ。食べようとすると、赤い液が滲み出るんです」
クヌム神「それはそうだろう」
少年「え、なんで?」
クヌム神「チーズだから、当然……、『血出ず』だ。羊のチーズも牛のチーズも、全て乳から採れるもの。そして、乳は『チチ』、すなわち血が変化したものだ」
少年「それで、チーズから血が出るのか。ほんとうですか?」
クヌム神「ウソじゃ」
少年「へえ……。なんでウソつくんですか」
クヌム神「それは、わしの単なる霊術による技じゃ。お前に、乳のありがたさを教えるための、わしの愛の罠《わな》だ。ワナワナ、震えただろう」

少年「わ、わかりました。もう、血が出ないようにしてください。食べられませんから……」

クヌム神「おかしいなあ……」

少年「何がですか」

クヌム神「お前は、先週の土曜の夜、ステーキを食べただろう。あの時、『血のしたたるステーキって、ステーキだ。好きだー、うまい……』と言ってたじゃないか」

少年「そりゃあ……、ステーキなら、レアで焼いて、血がしたたるぐらいが好きです」

クヌム神「お前の先祖は、頬白鮫《ほおじろざめ》か」

少年「えっ。何ですか、それ?」

クヌム神「知らんのか。有名な、人喰い鮫のことじゃ。小判鮫《こばんざめ》や、人類の祖先とも言われる猫鮫《ねこざめ》と比べ、頬白鮫は、お化粧をするんだ。そして、鮫肌《さめはだ》の女性は襲わない。ウソだと思うだろ。実は、ウソなんだ」

少年「へえー。クヌム神さん。ウソみたいな教養あるね」

クヌム神「まあ、ね。わからぬことがあれば、わしに聞きなさい」

少年「何でも答えてくれるの？」
クヌム神「わからぬことは、わからんと答えることが、わからんのか。この、少年AとH、HBよ」
少年「エンピツのように言わないでよ」
クヌム神「ところで……。その十勝チーズを食べてみろよ。わしにも、少しよこせよ」
少年「うん。食べるよ！」
少年は、ニコニコしながら、すでに血が出なくなったチーズを、手にとって食べようとした。すると、その不思議なチーズは、みるみる小さくなり、ピーナッツぐらいの大きさになった。少年は、驚きのために絶句した。
少年「ウッ、ウ――ッ。このー、チーズが……。ピーナッツ大になるなんて……」
クヌム神「ハッハッハッハッ。見たか、十勝チーズの恐ろしさを……」
少年「こ、このチーズは……。食べようとしただけで、どんどん縮まるなんて……」
チーズが急に恐くなった少年は、ピーナッツ大のチーズを、サッとテーブルの上に置いた。すると、チーズはまた元の大きさに戻った。

少年「ええ……え……。なんだこりゃあ……」
クヌム神「わっはっはっはっ。十勝チーズのすごさがわかったか！　少年よ。もう一度、チーズを食べてみろ……」
少年「ええー？　もう一度食べるんですかあ……」
少年はクヌム神にそう言われ、しぶしぶそのチーズを手に取り、食べようとした。すると、またチーズは小さくなった。
少年「おれ、もういやだあ。チーズなんか、もういらない」
クヌム神「まあ、そう言うな。それを続けていると、きっといいことがあるぞ」
少年「ほんとに？」
それから少年は、取って口を開け、食べようとするとチーズは小さくなり、テーブルに置くと、また元に戻るという行為を、三十三回繰り返した。
少年「参りました。お許し下さい。ぼくが悪かった。最初にクヌム神さんを見た時に、化け物だ、怪物だと思ったタタリです。これはタタリです。お許し下さい。もう、これ以上できません。お許し下さい。いいことが何もなくてもいい。だからもう、勘弁して下さい。何卒もう、お許し下さい」
クヌム神「おいおい少年よ。大志を抱け。ボーイズ・ビー・アンビリバボーだ。世の中には、信じられないことが沢山あるんだ。古来よりエジプトでは、全ての物には本当の名前があり、その名を知ると、それを支配できると言われている。お前が、その不思議なチーズの本当の名を知れば、そのチーズを支配し、おいしく食べることができる。これは、その神試しなのだ。モーツァルトのオペラ『魔笛《まてき》』の主人公は、火の試練と水の試練を乗り越えたが、お前には、チーズの試練が与えられたのだ。このチーズの、本当の名前を言え！」
少年「そんなこと言われたって、わかんないよお」
クヌム神「良く考えろ。そして、祈れ」
少年「うむ……。うむー……。『神様、どうかこのチーズの、本当の名を教えて下さい。どうか、どうか……』」
クヌム神「よし、よし。わかったか」
少年「わかんない」

クヌム神「ばか者！　あの『魔笛』の主人公は、試練を受けた時は、必ず不思議な笛を吹いたのだ。お前も、笛を吹け！」

少年「笛なんて、持ってないよ」

クヌム神「さがせ」

少年「探してもないよおお」

クヌム神「それなら、作れ」

少年「作る道具も、材料もないし、あっても作り方がわからないよ」

クヌム神「なんとかしろ、なんとか」

少年「できないいいいいい」

切羽詰まった少年は、おもわず、オナラをしてしまった。

プワオーーン。プオーン。プリ。

合計、三発のオナラが出た。

クヌム神「おおおーー。見事じゃ、見事じゃ。見事な『魔笛』じゃ。お前は、なぜ早くその笛を出さなかったのじゃ」

少年「これは、笛じゃないよ」
クヌム神「さよう。それは『魔笛』じゃ」
　その時、天井から微かな光が差し込み、あたりはだんだん明るくなった。天上界の妙《たえ》なる音曲が、少年の心を癒す。すると、瞑目するクヌム神の目から涙が流れ、頬を伝う涙は、光線につつまれ輝いている。静まりかえった部屋は、物音一つしない。宇宙の星も、地球の大気も、完全に停止する静寂の中、クヌム神は静かに、厳かに口を開いた。
クヌム神「少年よ……。わかったぞ。そのチーズの、本当の名を……」
少年「えっ。ほ、ほんとうですか」
クヌム神「うむ……。ほんとうだ。よく聞け、このチーズは、食べようと口に入れ、噛もうとすると小さくなった。だから、『カマンベール』チーズだ」
少年「ええ？　カマンベールチーズ？」
クヌム神「そうだ。漢字で書けば解る。『噛まん減《べ》るチーズ』だ」
少年「すごい。まるで、小説『ダ・ヴィンチ・コード』のラングドン教授だ。チーズの、本名の暗号を解読したんだ」

クヌム神「おい、カマンベールチーズ。本当の名を知ったからには、黙って言う通りにしてもらおう。そのまま、元のサイズで少年に食べられるのだ」
カマンベールチーズ「み、見破られたあ……。もうだめだあ……。だが、しかし……。ふっ、ふっ、ふっ……」
少年「な、なんだこのチーズ。不敵な笑みを浮かべてる……」
するとテーブルのすべてのチーズが、一斉に動き始め、部屋の隅に固まってしまった。
クヌム神「なんじゃ。このチーズ。一筋縄ではいかんなあ……」
少年「おーい。チーズさあーん。こっちへおいでえ……」
少年がチーズに呼びかけると、全てのチーズが、一斉に小さくなった。
少年「なんだ、こりゃ。チーズがみんな小さくなった」
クヌム神「うむ……。そうだ、少年よ。あれだ、あれ」
少年「あれって?」
クヌム神「『魔笛』だ。『魔笛』を鳴らせ!」

少年「そ、そんなに、自由自在に出せないよ」
クヌム神「なんとかしろ！　なんとか」
少年「できないよおお」
クヌム神「さっきは、ちゃんとできたじゃないか」
少年「あれは、たまたまだよ……」
クヌム神「そうか、わかった」
少年「なにがわかったの？」
クヌム神「魔笛を鳴らす、暗号が解ったのだ」
と、言うより早く、クヌム神は頭の角を、少年の股に突き刺した。
少年「いてててえええ。クヌム神さん、いったい何をするんだ」
クヌム神「少年よ。たまたまから、『魔笛』が鳴ったと言ったじゃないか」
少年「たまたまにも、いろんな意味があるんだなあ」
部屋の隅で小さくなり、固まっていたチーズ達も、さっきから笑ってる。しかし、痛くて転げ回る少年が、チーズ達の笑う声を聞いた途端、大きなオナラをしたのだ。

バリバリ、ブリブリ、ポワーン。
クヌム神「おおおお。わしの判断に狂いはなかった。今までにない、すばらしい『魔笛』だ。バリ島のブリが、ホラ貝を吹いたような『魔笛』だ」
さかんに感心し、感動するクヌム神である。その頭上から、まばゆい光が差し込んできた。白金に近い、崇高な黄金色だ。先ほどの天上の光の、三倍まばゆい明るさだ。部屋の四方からは、今まで耳にしたこともない、妙なる音楽が聞こえてきた。
クヌム神「なんという、神なる音楽なんだ。なんという、まばゆい天上界の光なんだ。ああ、もう、わしは。このまま、バターかチーズが日の光に照らされ、溶けてゆくように消えてもいい。そんな感動だ」
そのまま目をつぶり、しばらく彫刻のように固まったクヌム神。ややあって、そよ風が吹くように、ふっと口元がほころび、ニャーと笑った。それから、突然大きな声で笑った。
クヌム神「わっはっはっはっ。わかったぞ。ついに見破ったぞ。チーズめ」
少年「ほ、ほんとに。わかったの？」

クヌム神「わかった。少年よ、安堵せよ。これも、お前の見事な『魔笛』のおかげだ。礼を言うぞ」
　部屋の片隅のチーズ達は、不敵な笑みを浮かべていたが、クヌム神の言葉を聞くと、一瞬ビクッとなった。心なしか、震えているようにも見える。
クヌム神「おい、チーズども。これで、お前達も年貢の納め時だ。覚悟しろ。今わかったぞ。お前達のもつ、もう一つの本名暗号が……」
少年「へえええ、すごいいい。早く聞かせてよ、クヌム神さん」
クヌム神「そう慌てるな」
少年「わ、わかったよ」
クヌム神「いいか、チーズども。鼻の穴カッぽじって、よーく聞け」
少年「耳の穴じゃないの?」
クヌム神「細かいことは、この際いいんだ。それより、お前達チーズどもは、こっちへおいでと言った瞬間、一斉に小さくなったな」
少年「それがどうしたの」

クヌム神「まあ、聞け。つまり、少年が『カマン』と誘ったから、一斉に『減り』始めたのだ。だから、お前達チーズどもは、『カマンベール』なのだ」
少年「ちょ、ちょっと。それを言うなら、カモンベールじゃないの」
クヌム神「ば、ばかな。少年よ、お前の発音は、イギリス英語だ。アメリカ英語では、『ʌ』という発音は、『ɑ』より『エ』に近い、リンガチュア『ア』の発音になる。だから、カモンじゃなく、カマンなのだ」
さっきから、小刻みに震えていたチーズ達は、一斉に元の大きさになり、叫んだ。
チーズ達「み、見破られたあ……。たいへーん、恐れ入りました。もう、私達は、何でもあなた達の言う通りにします」
と言うなり、チーズ達はテーブルに飛んできて、整然と並んだ。
クヌム神「これで大丈夫だ。少年よ、われわれはカマンベールチーズの謎を、全て解き明かし、十分に勝った」
少年「だから、十勝カマンベールチーズなんだ」
クヌム神「その通りだ。さあ、少年よ。一緒に食べよう」

二人は夢中で、十勝カマンベールチーズを食べた。そのおいしいこと、おいしいこと。
クヌム神「おい、うまいなあ。少年よ。ほんのこつ、たいがうまかあ」
少年「それ、どこの言葉?」
クヌム神「熊本弁じゃよ」
少年「なんで、熊本なんですかあ?」
クヌム神「阿蘇山《あそさん》に友達がいてなあ。一緒に阿蘇牛のチーズを食べたのを、さっきから思い出してたんだ」
少年「あっそー」
クヌム神「少年よ。お前も将来、面白い人間になるなあ」
少年「そうかなあ。それにしても、ほんとにおいしいチーズだね。苦労のかいがあったねえ」
クヌム神「おい、少年。熊本弁で言ってくれ。わしも、一緒に言いたい」
少年「わかったよ」
クヌム神、少年「うまかあ、うまかあ、ほんのこつうまかあ。このチーズ、たいがうまかあ……」

夕食の時間が来たので、少年の母親は、バンガローの前で食事の仕度をしている。少年がなかなか起きてこないので、業を煮やした母親が、バンガローで寝ている少年を起こしに来た。

母親「のぼる君。のぼる君。起きて、起きなさいよ」

のぼる「うーむ。ムニャムニャ――。うまかあ、うまかあ……」

母親「なに寝ぼけてるのよ。早く起きなさい。母親のことを、『うまかあ』だなんて。私は馬じゃなくて、人間よ。早く起きて……」

その時、父親もバンガローに来て、少年に夕食の食材を見せて、喜ばそうとしている。ニコニコしながら、父親は言った。

父親「のぼる……。今夜は、バンガローの前でバーベキューだぞ。早く起きろよ」

のぼる「ムニャムニャ……。『たいがうまかあ。たいがうまかあ』」

父親「鯛じゃないんだよ。鯛がうまいのはわかってるが、今夜は、ラムのバーベキューだぞ。それに、チーズサラダもある。ほら、これを見ろ。すごいだろう。車で遠出して、大きなスーパーで買ってきたんだぞ。早く起きろよ」
のぼる「ラム……。チーズ……。なに……、なに……」
母親「羊の肉と、カマンベールチーズのサラダよ」
のぼる「え、え、何だって。なんてことするんだあ！」
　ガバッと起きあがったのぼるは、羊肉の骨付きラムを手に取って、おんおん泣き始めた。きょとんと見つめる両親に向かって、のぼるは言った。
のぼる「もう、もう、二度と羊の肉だけは買わないで……。ぼ、ぼくは、羊の神様と友達なんだ。本当に本当に、親友なんだ。だから、お願いだ。もう、羊の肉は二度と買わないで！　おねがい、だあ……。わあーん！　わあーん！　わあーん！」
　いつまでも泣き続ける、のぼるの悲痛な泣き声は、バンガローに谺《こだま》し、琵琶湖の湖面に広がっていった。

蜥蜴

一

いきなり明かりがついて、そこに怪しい男が現われた。
男「わしは、赤蜥蜴《とかげ》だ。アカの他人にアカをつけ、鼻をアカす、赤蜥蜴だ」
その時、また別な明かりがついて、もっと怪しい男が現われた。
別な男「ふ、ふ、ふ。わしは黒蜥蜴《とかげ》だ。玄人《くろうと》に苦労させ、九郎判官《くろうほうがん》の役をやらせ、フクロウの鳴きまねをさせる、黒蜥蜴だ」
赤蜥蜴「おい。お前はアカの他人か」
黒蜥蜴「そうだ」
赤蜥蜴「ならば、こうだ！」

と言うより早く、赤蜥蜴は黒蜥蜴に襲いかかり、押さえつけてしまった。

赤蜥蜴「ふ、ふ、ふ。これを食らえ！」

赤蜥蜴は、そう叫んだかと思うと、自分の顔や体のアカを、さんざん黒蜥蜴の顔に塗りたくった。ようやく体《たい》をかわした黒蜥蜴は、今度は反撃に打って出た。

黒蜥蜴「ふおっ。ふおっ。ふお……。おぬしは、さてはアカ塗りの玄人だな」

赤蜥蜴「その通りだ」

黒蜥蜴「ならば、これを食らえ！」

黒蜥蜴は、そう叫ぶと同時に、赤蜥蜴を紐で縛った。

赤蜥蜴「な、な、何をする」

黒蜥蜴「お前が玄人だと知った以上、見逃すわけにはいかぬ」

赤蜥蜴「わしが、いったい、何をしたと言うのだ。ちょっと、アカを塗っただけじゃないか」

黒蜥蜴「うるさい！　これを黙ってつけろ！」

赤蜥蜴「う、うう……」

黒蜥蜴は、ポケットから義経のつけ眉毛を取り出し、赤蜥蜴の眉にくっつけた。さらに、口ヒゲ、顎《あご》ヒゲを取り出し、赤蜥蜴の顔にくっつけた。さらに、どこからともなく烏帽子《えぼし》を取り出し、赤蜥蜴の頭に載せた。すると、術の力で体から離れなくなった。

黒蜥蜴「わ、は、は、は。これで、お前は九郎判官義経になった。あとは、フクロウの鳴きまねをするだけだ。おい、赤蜥蜴。フクロウの鳴きまねをしろ！」

赤蜥蜴「い、いやだ。絶対に……、フクロウの鳴きまねなんかするものか」

必死に抵抗する赤蜥蜴の首を、黒蜥蜴は情け容赦なく絞め上げる。

赤蜥蜴「く、く、苦しい……」

黒蜥蜴「ふ、ふ、ふ……。苦しいか。苦しかったら鳴け。ホーホーとフクロウの鳴きまねをするんだ。そうすれば、許してやる」

赤蜥蜴「な、な、なぜだ。何故、そんな家庭教師センターのようなことに、生きがいを持つのだ」

黒蜥蜴「ふおっ、ふおっ、ふおっ。わしは、そういう妖怪なのだ。どんなことでも、玄人だと知ると、苦労させ、九郎判官の役をやらせ、フクロウの鳴きまねをさせるのだ。

女が、男にプロポーズさせることに、喜びを持つのと同じさ。また男が、女に様々な苦労やエッチな役をやらせ、自分のする事に、ホーホー感心させることに生きがいをもつのと、同じなのさ。わしは、人間のそんな部分が妖怪になった、泣く子も笑う妖怪、黒蜥蜴なのだ」

赤蜥蜴「うむ、む、む、む……。お前は、妖怪なのか」

黒蜥蜴「何か、ヨーカイ?」

赤蜥蜴「別に……」

黒蜥蜴「そんなことより、早くフクロウの鳴きまねをしろ!」

赤蜥蜴「うああ……!」

黒蜥蜴は、一層強い力で赤蜥蜴の首を絞め上げた。

ところが、その時黒蜥蜴は、突然顔を押さえ、もだえ始めた。

黒蜥蜴「く、く、苦しい! 助けてくれ……!」

赤蜥蜴は不敵な笑みを浮かべ、冷ややかな目でそれを見つめている。

赤蜥蜴「ふ、ふ、ふ……。ようやく、わしの顔のアカ毒が回ってきたようだな」

黒蜥蜴「く、苦しい。い、いったい、お前は顔に何を塗ったのだ」

赤蜥蜴「は、は、はあ……！　教えてやろう。わしの顔のアカには、腐った水アカよりも、さびた緑青《ろくしょう》よりも強い、猛毒があるのだ」

黒蜥蜴「お、お前は、いったい何者だ」

赤蜥蜴「ふ、ふ、ふ。知りたいか。聞いて驚くな、見てオナラするな。わしの毒で死ぬ前に、お前に教えてやろう。わしは、身内には優しいが、アカの他人には冷たい妖怪だ。自分にとってアカの他人なら、わしのアカ毒をつけ、鼻をアカすことに生きがいをもつのだ。身贔屓《みびいき》の強い人間、おいしいところは自分がもらい、カスを人にやる、エゴな人間の部分が妖怪になったのだ」

黒蜥蜴「すると、お前も妖怪か」

赤蜥蜴「何か、ヨーカイ？」

黒蜥蜴「さっき、わしが言ったギャグを繰り返すな！」

赤蜥蜴「言ったはずだ。他人のおいしいものは頂くのさ……」

黒蜥蜴「なんだと……」

と言いながら、だんだん黒蜥蜴の意識は薄れていった。

赤蜥蜴は、勝ち誇ったように笑う。

赤蜥蜴「は、は、はあ。わしの勝ちだ。今日、はじめて人間界にやって来たが、最初の獲物は、人間じゃなく妖怪だったとは……。まあ、いいだろう……。あと三人やったら、プロの殺し屋妖怪になり、ゴルゴを名乗れるのだ。あっはっはっ」

黒蜥蜴は、息もたえだえになり、こうつぶやいた。

黒蜥蜴「な、なにい……。じゃ、お前はまだアマチュアの、殺し屋妖怪だったのか……」

赤蜥蜴「そうだ。あと三人やれば、プロになり、ゴルゴを名乗れるのだ」

黒蜥蜴「なんだ、玄人じゃなかったのか。それじゃ、お前を襲うこともなかったのに……。おい、アカの妖怪。わしの……、最後のたのみを聞いてくれ」

赤蜥蜴「なんだ。末期《まつご》の水か。最後のたのみなら、聞かぬでもない。言ってみろ」

黒蜥蜴「わ、わしが死んだら、わしの故郷の八《や》つバカ村の、蜥蜴地蔵に葬ってくれ。そこが、家代々の墓所なんだ。そこに葬ってくれれば、尻尾だけは、何千年も生き延びられる。それが、わしの最後のたのみだ。たのむ……、願いを聞いてくれ！」
赤蜥蜴「なにい？　何だってえ。八《やっ》バカ村の蜥蜴地蔵だって……？　それじゃ……、それじゃ、わしと同族じゃないか。わしの一族と、全く同じ墓所だ」
黒蜥蜴「な、なんだって？　お前がおれと同族だって……？」
赤蜥蜴「そ、そうだ。わしの父は、蜥蜴族の族長、イグアナ半蔵・ゴルゴ・ティラノザウルスだ」
黒蜥蜴「え、何だって。あ、あの有名な、イグアナ半蔵・ゴルゴ・ティラノザウルスだって！」
赤蜥蜴「そ、そうだ。モンゴル人のような長い名前が、蜥蜴軍団総帥の誉《ほまれ》なのだ」
黒蜥蜴「こ、これはお見それしやした。わしは、何を隠そう、あんたの父親の妹、ツチノコ姫・ステゴザウルスの息子だ」
赤蜥蜴「えええ！　あの太めの美貌で有名な、ツチノコ姫・ステゴザウルスだってええ。おばさんじゃないか。道理でお前の顔は、どこかで見たことがあると思ったよ……。ああ、こうして身内だとわかった以上、わしの術は効かなくなる……」

黒蜥蜴「あっ、本当だ。痛みが消えた。消えたぞおおお。ふおっ、ふおっ、ふおっ。お前が玄人でないと知った以上、わしの術も効かなくなる……」
赤蜥蜴「あっ、本当だ。眉がかゆくなってきたぞ」
　赤蜥蜴は、黒蜥蜴が自分でつけ眉毛を取り、ヒゲを取り、烏帽子も取った。身体じゅうに巻かれた紐は、黒蜥蜴がニコニコ微笑みながら、丁寧にほどいている。
赤蜥蜴「いやあー。すっきりした。お礼に、身内にしかできない、秘術をしてやろう。そのまま放っておくと、毒は消えても、アカ切れ肌になる。だから、保湿効果がある、永遠の若さを保つ秘術を、やってやろう。エステ――！　エステ――！　おりゃあああ――」
　気合いをこめて、赤蜥蜴は頭のフケを、黒蜥蜴の顔にバラバラ降らせた。気持ち良さそうな黒蜥蜴。そのフケを、顔一杯にこすりつけている。
黒蜥蜴「ああ、何て気持ちのいいフケなんだ。もう、顔はツルツルだ。肌にフケをこすりつけると、いつの間にか消えている」
赤蜥蜴「ふ、ふ、ふ。そうだろう。だから、永遠にフケないんだ。フケないんだ。老けないんだ」
黒蜥蜴「本当に、これなら全くフケない。フケないねえ……。ああ、幸せだあ……」

二

明智光秀が森の中を歩いている。

深い深い森で、日中でも暗い森だが、心が浮き立つ霊気に満ちている。ここは、鹿島《かしま》神宮の杜《もり》、鹿島の森である。居住まいを正し、二礼二拍手一拝を終え、明智光秀は森を歩き抜ける。

広い更地《さらち》に出た光秀は、大きな石に腰をかけ、顔から吹き出る汗を拭っている。その時、光秀の背後に立つ、黒い影があった。妖怪黒蜥蜴である。

黒蜥蜴「ふおっ、ふおっ、ふおっ。広い空き地に出た、あなたは空地光秀《あきちみつひで》。明智くん、久しぶりだね」

明智「おやおや。黒蜥蜴じゃないか。その節は、色々世話になったな」

黒蜥蜴「私が、あなたにつけた義経眉やヒゲ、烏帽子を、あんなに喜ぶとは思わなかった。それで私の術も、あなたには全く効かなかった。いやはや。あなたは、恐れ入った武将だよ」
明智「あっはっはっ。いつも、信長様で苦労してるからね。少しぐらい苦労させられても、楽しいですよ。それに義経は、私のあこがれの武将です。彼の戦略や戦術を、どれ程研究したことか……。フクロウの鳴きまねも、私の特技なんです。子供の頃、夜な夜な近所の庭先で、『ホー、ホー』と鳴きまねをやり、『ああ、ふくろうだ』と思わせ遊びました。私は、オスとメス、子供と年寄りのフクロウの、鳴き分けもできるんです」
黒蜥蜴「ふおっ、ふおっ、ふおっ。何をやっても喜び、何をやらされても楽しむあなた。われわれ妖怪にとって、あなたは全く太刀打ちできない相手です」
明智「そうかなあ」
黒蜥蜴「そうですよ。われわれ、人間の悪が凝結した妖怪の仕事は、人間に恐がられること。何をやっても喜び、何をやっても楽しまれると、妖怪の術は効かず、商売上がったりです」

明智「ふむ……。そういうものかなあ……」
黒蜥蜴「そうです。だからあの時、あなたのアンチ妖怪パワーに打たれ、私は三センチの蜥蜴に縮んだのです。この、妖怪界きってのイケメン妖怪、黒蜥蜴さまも、まったく形無しだ。ふおっ、ふおっ、ふおっ。ところで、明智くん。これから、どこへ行くおつもりか」
明智「ああ、ちょっと、これから本能寺に行きます」
黒蜥蜴「京都まで、ちょっと長旅ですな」
明智「そう、そう。だから、鹿島神宮に来て、『鹿島立ち』の安全旅行祈願に来たのです」
黒蜥蜴「なるほど」
明智「そういう黒蜥蜴さんは、なぜ鹿島神宮へ」
黒蜥蜴「ふおっ、ふおっ、ふおっ。参議院選挙の祈願です。親戚の赤蜥蜴が、この度妖怪党から立候補するので、必勝祈願に来たのです」
明智「ああ、そうですか。信長様も、戦国党から立候補すれば、きっと当選すると思うんですがねえ……」
黒蜥蜴「信長様には、敵も多いから、足を引っぱる連中も多いのかねえ」
明智「いやいや、大丈夫です。もうあらかた、私と秀吉殿で、そんな連中は滅ぼしましたから。秀吉殿から聞くところによると、赤蜥蜴さんの父親にも、大変世話になったという事です」
黒蜥蜴「ああ、そうですか。やはり、イグアナ半蔵の功績は大きいですか」
明智「そりゃ、大きいですよ」
黒蜥蜴「なら、息子の赤蜥蜴に、一票入れてやってください。できれば、明智軍団と秀吉軍団の事務所に、ポスターを貼り、後援会の入会申込書も置いてください」
明智「お安いご用です。協力しましょう。それより、選挙の状況はどうなんですか」
黒蜥蜴「正直言って、かなり厳しい状況です。だから、ここに祈願に来たのです。もともと赤蜥蜴には、安定した支持基盤があります。身贔屓《みびいき》の強い、アカの他人には冷酷で、エゴな人々の層です。浮動票というよりは、まあ、不用票です。そんな人々は、赤蜥蜴が、頭を掻いてフケを飛ばすと、熱狂的に陶酔し、失神者も、失禁者も続出するのです。

それが……」
明智「それが、どうなったのです？」
黒蜥蜴「それが……。妖怪党が改革の旗印にした、大臣のねずみ男が辞任し、一反木綿《いったんもめん》が、突然自殺したのです」
明智「ええええ。自殺ですかあ。妖怪が自殺すると、どうなるんですか？」
黒蜥蜴「溶解します、ゴマ油のように」
明智「へええええ、それは知らなかった……」
黒蜥蜴「一旦もめたことを、すぐむし返す『いったんもめん』ですから、スキャンダルが常にあったのです」
明智「へえ、そりゃ、妖怪党も大変だ」
黒蜥蜴「それだけじゃないんです」
明智「ええ？　まだあるんですか」
黒蜥蜴「そうです。今度は、子泣きじじいが、ベソかいて『しょうがない。しょうがない』を連発するので、生姜《しょうが》作りの生産者から、『生姜はあります。誤解しないで下さい。

今年は豊作です』と反発があり、先頃辞任したのです。それで、アベマリア首相が、神よ助け給えと決断し、猫娘を次の大臣にしました。いやはや。エジプトの猫のミイラだった猫娘ですが、頑張って欲しいものです」

明智「化け猫達や、猫なで声の女性が、投票してくれればいいですね」

黒蜥蜴「いや本当に、私もそう思います」

光秀は、気の毒そうに黒蜥蜴をじっと見つめた。そして、強い握手を繰り返し、選挙協力することを約束した。さっそく、赤蜥蜴のポスターの束と後援会申込書を、手にかかえて持ち去った。

大きなポスターをかかえ、鹿島神宮から遠ざかる明智光秀。その時、光秀とすれ違ったのは、赤蜥蜴だった。

赤蜥蜴「さ、さては……。あいつが、わしのポスター泥棒だな。ふーむ。月光江戸村の職員らしい。こんな日中から、侍《さむらい》の格好しよって……。それに、まじめな顔して、ふくろうの鳴きまねして歩くとは……。変な侍じゃ。足早に先を急ぐのは、江戸村に帰るのか、対立陣営に帰るのか……。さては……。ＣＩＡかＫＧＢか、公安調査室か、忍びの者だな。ならば、主《あるじ》に謀反《むほん》を起こす、わしの術をかけてやる！　ウオリヤアアアア！」

その時、黒蜥蜴がやって来て、バッタリ赤蜥蜴と出会った。

赤蜥蜴「おう。黒蜥蜴か。参拝は済んだのか」
黒蜥蜴「ああ、無事に済ませた。お前は？」
赤蜥蜴「わしは、これから参拝に行くところだ」
黒蜥蜴「ところで、お前。今、何やってたのだ？」
赤蜥蜴「それ、それ。今、わしのポスター泥棒を見つけたのだ。月光江戸村の職員のような奴だ。真っ昼間から、侍の格好しよってな。わしの、選挙ポスターをゴッソリ盗んで行った。だから、謀反を起こす秘術をかけてやった。あっはっはっ」
黒蜥蜴「ば、ばかな。あいつは、あいつは……、明智光秀なんだぞ。月光江戸村の職員なんかじゃない。戦国時代からタイムスリップして、過去と現在が同時移行する、鹿島の森の異次元空間から出て来たんだ。今、赤蜥蜴の選挙応援をするため、ポスターと後援会申込書を、たくさん持ってってくれた。あれを、明智や秀吉の軍団事務所に置いてくれるんだ。あいつは、われわれの味方だ。妖怪党の支持者なんだ！」
赤蜥蜴「ええ、何だって！　そうだったのか。しまったあ……。もう、術をかけてしまった……」
黒蜥蜴「だめだ、赤蜥蜴。だんだん、あいつの姿が薄くなって来たぞ。そろそろ、過去へ帰ろうとしている。術をかけ直せ、別な術をかけろ！」
赤蜥蜴「よし来た。エステー！　エステー！」
黒蜥蜴「だめだ。その術は、今関係ない……。もっと別な術をかけろ。早く、急げええええ！」
赤蜥蜴「む、む、む、む……。こうなったら、最後の手段だ。ふ、ふ、ふ、ふ、ふ。飛《ひ》騨《だ》山中で鍛えし事、八年。忍法カニ挟みに勝ること、二百万倍。赤蜥蜴参上！　必殺技、『次元早おくり、もんじゃ焼の技』だ！　ウオリヤアアアア――！」
黒蜥蜴「な、な、なんだこの技は。うわあああ……！」
　あたりは真っ暗闇となり、また明るくなった。そこに、ぽつんと、ハチ巻きしたミリタリー・ルックの男が立っている。首をかしげ、不思議そうな顔でつぶやいた。

「く、黒蜥蜴？　明智？　赤蜥蜴？」

もう一度、赤蜥蜴は必殺技をかける。

「ウオリヤヤアアアー！」

あたりは真っ暗になり、また明るくなった。術は、完璧に効いたようである。

赤蜥蜴も黒蜥蜴も、満足そうに立っている。すると、そこに一人の紳士がやって来た。

おしゃれなスーツを着た紳士だ。黒蜥蜴は、近付いてそっと尋ねた。

「あなたは、どなたですか」

その紳士は答えた。

「私は、明智小五郎です。何か、事件の匂いを感じて、ここに来ました」

赤蜥蜴「あ、あ、明智光秀じゃないんですか」

明智「えっ？　明智光秀？　ああ、それは私の先祖です。光秀は、ある時急に蜥蜴のような形相になり、本能寺で信長を討ったのです。その直後から、光秀の顔は急に色白になり、優しい貴族の顔になりました。それで、山崎の合戦で影武者を死なせ、千利休《せんのりきゅう》になったのです。それから、秀吉を天下人にするべく、あちこちに働きかけ、選挙キャンペーンを張ったそうです。その働きが功を奏し、秀吉は天下を統一できたそうです。これが、家伝の明智光秀の歴史です」
黒蜥蜴「ふむ……。そうだったのか、明智君」
赤蜥蜴「ふ、ふ、ふ。わしの術は、ずっと利いていたのだ。だから、利久なんだ」
明智「なんだかお二人は、この世の人とも思えぬ魅力があります。私にできることなら、何なりとお申しつけ下さい。できるだけのことはします」
黒蜥蜴「おお明智君、よくぞ言って下さった。ここにいる赤蜥蜴は、私の親戚です」
赤蜥蜴「この度、妖怪党から参議院に立候補しました、赤蜥蜴です。宜しくお願いします」
明智「ああ、そうですか。不思議だな。明智家代々の家紋は、四角い枠の中に、赤い蜥蜴が描かれたものです。これもご縁ですから、大いに協力しますよ」
黒蜥蜴「よかった━━。有難うございます」
赤蜥蜴「宜しくお願いします」
黒蜥蜴「おい、赤蜥蜴。聞いたか?」

赤蜥蜴「聞いた。聞いた」
黒蜥蜴「あの、赤蜥蜴のポスターが、明智家の家紋になったんだ……」
赤蜥蜴「そうみたいだね……」
明智「えっ？　何ですか……？」
黒蜥蜴、赤蜥蜴「いえ、いえ。何でもありません。何でもありません……。何でもありませんよ……」

蜥蜴　恋愛篇

一

宇宙にぽっかり穴が開き、当然のことながら、宇宙人が地球を眺めている。巨大望遠鏡を覗いてみると、そこに二人の妖怪男が見える。赤蜥蜴《とかげ》と黒蜥蜴《とかげ》である。

赤蜥蜴「わしに、恋人ができたんだ」

黒蜥蜴「ほんトカゲ?」

赤蜥蜴「ああ、ほんとさ」

黒蜥蜴「うそダニー、その顔見りゃ……」

赤蜥蜴「うそじゃないダニー!」

黒蜥蜴「なら、祝杯だ。さあ、ノミねえ、ノミねえ。いや、やっぱりノミだらけだ」

赤蜥蜴「血を吸って集めたような、エグイ赤ワインだ。ノミ、たくなあーい！」
黒蜥蜴「ウジウジせず、早く飲め」
赤蜥蜴「ムシ、虫、全部無視だ！」
黒蜥蜴「これは、高いんだぞー。妖怪ワイナリーで、二百万円で売ってるやつだ」
赤蜥蜴「そんなにするのか」
黒蜥蜴「それを、百九十九万九千円値切って、ようやく買ったのだ」
赤蜥蜴「値切り過ぎじゃ！　そんなに貴重なら、一滴ずつ飲もうか」
黒蜥蜴「おい、おい。ゲジゲジするな。ゲジゲジせず、一気に飲め！」
赤蜥蜴「ようーし、わかった。一気飲みだ！　ガビ、ガビ、カビ、カビ――」
黒蜥蜴「どうだ、うまいか？」
赤蜥蜴「うっ、ググー。飲み過ぎて、胃がムカデ、ムカデする」
黒蜥蜴「なら、太田胃散飲め！　ほら、これ」
赤蜥蜴「ありがとう、グッ、グッと。おお、胃のムカデが、喜びイサンで消えた」
黒蜥蜴「お前の胃は、ムカデ好みなのかなあ……」

赤蜥蜴「ムカデと蜥蜴は、道一本隔てた、ムカーデ住むからなあ……」
黒蜥蜴「それにしても、太田胃散はすごいなあ」
赤蜥蜴「すごいねえ……」
黒蜥蜴「まるで、長嶋の全盛期だね」
赤蜥蜴「なんじゃそれ」
黒蜥蜴「王退散だ」
赤蜥蜴「土井も、柴田も退散だ」
黒蜥蜴「それはそうと、胃がスッキリしたら、ワイン、もう一杯飲め」
赤蜥蜴「おー、とっとっと……、酒のサカナ。おー、とっとっと、ギョ、ギョー。おー
とっとっと、もうないか……」
黒蜥蜴「ところで、お前の恋人って、誰なんだ」
赤蜥蜴「野ツボ田《だ》ゴミ子だ」
黒蜥蜴「えええ、あの有名な野ツボ田家の令嬢の?」
赤蜥蜴「そうだ」

黒蜥蜴「村一番の器量よし、絶世の美を誇る、桃色蜥蜴じゃないか」
赤蜥蜴「も、もも、色々言うな。色々事情があって、うまく行かないんだ」
黒蜥蜴「なぜだ。家が厳格なのか」
赤蜥蜴「いや。彼女に幻覚があるんだ」
黒蜥蜴「なに？　弦楽四重奏やるのか」
赤蜥蜴「それは、弦カルだ」
黒蜥蜴「似たようなものだ」
赤蜥蜴「どこがだ」
黒蜥蜴「人々に幻覚を与える、音の魔術師！」
赤蜥蜴「そんないいものか？」
黒蜥蜴「下手なら、ナスビのヘタを連想するけど……」
赤蜥蜴「まあいい。それにしても、彼女の幻覚、なんとかならないものか」
　その時、桃色蜥蜴、野ツボ田ゴミ子が登場する。
桃色蜥蜴「なんなのよ、野ツボ田家を侮辱するような言葉。ダニとかノミとか、ウジとかゲジゲジとか。カビとかムカデとか」
黒蜥蜴「太田胃散もありましたよ。しかし、野ツボ田には居ません。居るなら、それはゴミの山です」
桃色蜥蜴「まあ、失礼なー！　私を侮辱するのねえ」
黒蜥蜴「侮辱じゃない。汚辱に生息するのです」
桃色蜥蜴「もっと悪いわ！　あなた、いったいなんなのよ！」
赤蜥蜴「まあ、まあ、ゴミ子。これは、わしの親戚なんだ。黒蜥蜴と言って、根はいい奴なんだ」
黒蜥蜴「黒蜥蜴でえーす。根も葉もなく、根拠もなく、根っからいい奴。それが、黒蜥蜴。どうぞよろしく」
桃色蜥蜴「ふん。知らないわ！」
黒蜥蜴「その、つんとした横顔。桃色に美貌が引き立って、たまらなく魅力的！」
桃色蜥蜴「ふん、やめてよ！　そんな言い方するの！」
赤蜥蜴「参議院選挙では、親身になり、誰よりも力になってくれた。彼がいなければ、到底当選はできなかった。ほんとだよ……」
桃色蜥蜴「あら、そうでしたの。これはこれは、大変お世話になりました！」
黒蜥蜴、赤蜥蜴「急に、態度が変わるね！」
黒蜥蜴「ところで、幻覚が起きると聞いたのですが、いったいどんな幻覚ですか」
桃色蜥蜴「幻覚？　そうなんです。いつも朝になると……。弦楽四重奏が聞こえ……」
黒蜥蜴「それ、私がさっき言ったギャグですけど……」
桃色蜥蜴「いや、本当に、聞こえるのです。四重奏を奏でる音楽が……」
黒蜥蜴「しじゅうそうなのですか？」
桃色蜥蜴「しじゅうそうなのです」
黒蜥蜴「なら間違いない。それは、四重奏の幻覚だ！」
赤蜥蜴「お前達！　何を言ってるのだ！　そんな幻覚なら、何の苦労もしないよ！」
黒蜥蜴「そんなに厳格に、定義しなくていいじゃないか」
桃色蜥蜴「それだけじゃないのよ。その音楽が聞こえると、無性に田んぼに行きたくなるの……」

黒蜥蜴「ほう……」
桃色蜥蜴「田んぼに行くと、金銀財宝が、堆《うずたか》く積まれてるのが見えるのよ」
黒蜥蜴「ふおっ、ふおっ、ふおっ。それが本物ならすごい！」
桃蜥蜴「それを見ると、なんだかドキドキして、思わず触りたくなるわ。だけど、触った瞬間、それが野グソに変わるのよ。今まで、何度野グソを摑《つか》んだことか。ある時なんか、黄金の露天風呂が見えたわ。それはあまりにも美しく、見事な露天風呂でね……。湯気まで立ってたわ。だけど……、それに触れたとたん、野ツボに変わったのよ。あやうく、裸になって入る所だったわ……」
黒蜥蜴「なによ、糞《ふん》！　くそ（糞）！　なんて、言ってられませんね」
赤蜥蜴「だから、困ってるんだ」
黒蜥蜴「なんとか、できないものか……。それとも、本当の黄金風呂を作り、裸になって入ってもらおうか……。それを私が……」
赤蜥蜴「何を言ってるのだ！」
黒蜥蜴「す、すまん。うむ……、そうだ！　ふおっ、ふおっ、ふおっ。明智君に、調査を依頼しよう」
黒蜥蜴は、ポケットから不思議な笛を取り出し、思い切り吹いた。
「トカゲー、ゲ、ゲ、ゲーー。トカゲー、ゲ、ゲ、ゲーー」
赤蜥蜴「おい、黒蜥蜴。ずい分変わった笛だなあ」
黒蜥蜴「口にくわえて、トカゲー、ゲ、ゲ、ゲーーと、言うだけでいいんだ」
赤蜥蜴「それで、笛と言えるのか」
黒蜥蜴「この、笛の霊気が大切なんだ。これで私は、ゲ、ゲ、ゲのトカゲ太郎に化身できます。それでは、しばらくごめん！」
黒蜥蜴は、青いチャンチャンコを着たかと思うと、さっと姿を消した。

二

ここは、明智小五郎の探偵事務所。さっきから、黒蜥蜴は明智小五郎と楽しく歓談している。

黒蜥蜴「ふおっ、ふおっ、ふおっ。選挙では、大変お世話になりました。いやあー、お宅の事務所の花子さん。だんご鼻だけど、声のきれいなこと。選挙のキャンペーンカーの、鶯嬢《うぐいすじょう》としては世界一でしょう」

明智「この間、彼女は『うぐいす嬢の世界征服』という、ドラマの出演依頼がありました」

黒蜥蜴「そうでしょう、演出家なら、彼女を主役に使いたくなりますよ……」

その時、花子がお茶をもってやってきた。

花子「だんごっ鼻で、悪かったわねえ……」

黒蜥蜴「あっ、いや。天は二物を与えず、汚物を与えると言いますが、本当に素晴らしい声ですね」

花子「ホッ、ホッ、ホッ。この鼻は、つけ替えできるのよ。ホラッ！」

黒蜥蜴「う、うあああ！　すごい……！」

花子「ホッホッホッ」

明智「彼女も、妖怪なのです」

花子「どうぞ、よろしく。ホッホッホッ。何か、ヨーカイ？」
黒蜥蜴「あっ、そのギャグは！　私が以前に……、一度……、はあーい、もう一度。あの声を聞かせて下さい」
花子「いいわよ」
黒蜥蜴「すごーい、早く聞かせて下さい」
花子「ホーー、ホケキョー。ホケキョー、ケッキョ、ケッキョ、ケッキョク、薬局、政局大変な折、参議院に立候補しました、赤コーナー、赤蜥蜴。一二〇パウンド。対しまして青コーナー、さくら島のパパ。一一八パウンド。両者、見合ってーー、ハッキョイ残った、残った、残った、あああああ……。赤コーナー、赤蜥蜴の勝ち……」
明智、黒蜥蜴「ヤンヤ、ヤンヤ、ヤンヤー！」
黒蜥蜴「いやー、何度聞いても惚れ惚れする、うぐいす嬢ですねえ」
花子「ありがとうございます」
黒蜥蜴「それにしても、つけ替えの鼻には驚いた」
明智「彼女の名前は、『この鼻つけ替え姫』と言い、実家は富士山にあります」

黒蜥蜴「ほおう。それは知らなかった」
明智「あまりにも美人なので、事務所ではだんご鼻にし、男の生霊《いきりょう》が来ないようにしてるのです」
黒蜥蜴「ふおっ、ふおっ、ふおっ。本当の素顔を知った以上、私が、生霊を飛ばす第一号になりましょう」
明智「大阪にいる彼女は、どうするんですか」
黒蜥蜴「あっ、いや、その……」
黒蜥蜴は、狼狽しながらも、さすが探偵界のハニカミ王子、明智小五郎だと感心していた。
明智「ところで、今度のご用件は？」
黒蜥蜴「実は、カクカクしかじかで……。カクと飛車が対決し、鹿島の鹿と奈良公園の鹿が、カクカクシカジカなのです……」
明智「なるほど、それじゃ、赤蜥蜴さんもお困りですね」
黒蜥蜴「な、なぜ。これだけの説明で、全てが解るんですか？」

明智「私は、耳だけは妖怪なのです」
黒蜥蜴「部分妖怪なんて、今まで聞いたことがない……」
明智「二〇〇七年度から、日本政府と妖怪政府が調印し、新しい取り決めが施行されてます……」
黒蜥蜴「知らなかった……」
明智「私のネットワークを駆使し、その調査をしましょう。しばらく、お時間を下さい……」

笑顔で握手し、二人は別れた。
それから、一万年の歳月が流れた。化石になった黒蜥蜴と赤蜥蜴。だが、尻尾だけは生きている。二人は、尻尾のテレパシーで会話している。
赤蜥蜴の尻尾「おい、お前の依頼した明智小五郎は、仕事が遅いと思わないか」
黒蜥蜴の尻尾「おれも、今そう思ってた所だ」
赤蜥蜴の尻尾「わしは、一万年も思い続けてるが……」
黒蜥蜴の尻尾「おれもだ……」

赤蜥蜴の尻尾「何で、こうなったのかなあ……」
黒蜥蜴の尻尾「おそらく……。どこかの宇宙人が、『時空超速化石術』をかけたのだろう」
赤蜥蜴の尻尾「うむ……。あり得るなあ……」
黒蜥蜴の尻尾「ふおっ、ふおっ、ふおっ。宇宙人め。蜥蜴族の秘密を知らぬと見える。どんな術をかけても、尻尾だけは、永遠に不死身なのだ。ふおっ、ふおっ」
赤蜥蜴の尻尾「おい、どうする?」
黒蜥蜴の尻尾「どうするって、お前の術で何とかしろ!」
赤蜥蜴の尻尾「やってみるか」
黒蜥蜴の尻尾「尻尾に、全神経を集中させ、あの『次元早送り、もんじゃ焼』をかけるのだ」
赤蜥蜴の尻尾「よしきた。『なんじゃもんじゃ、月島もんじゃ、もんじゃの起こり、時よもどれ! 一万年の時間よもどれ。ジゲム、ジジム、パイポ、パイポ。次元よ無になれ、ジジイの毛! ジゲム、次元が一万年。ジゲム、一万年の昔に帰る……! ウオリアアアアア‼　ウオリヤ、ウオリアアアー‼」
　すると、赤蜥蜴の尻尾から、七色の光線が放たれた。それが、宇宙まで届く。光線は、望遠鏡をのぞいていた宇宙人の、股に当たった。それで、宇宙人はもんどり打って倒れたのだ。
宇宙人「なかなかやるなー、赤蜥蜴。私の股に、蜥蜴光線を当てるとは……。地球に妖怪がいる限り、なかなか地球人には手が出せん。人間の悪が凝結した妖怪だが、勇気とギャグがあれば、悪が善に変わるのか。なかなか、頼もしい連中じゃ。術を解いてやろう。オリョアエ——！」
　その時、バチーンという大音響と共に、化石になった二人の体は、元に戻った。そして時間も、明智事務所を出てから、二日目になったのである。
黒蜥蜴「おい、赤蜥蜴。すごいじゃないか。さすがだな。危ないピンチを、何とか切り抜けたぞ」
赤蜥蜴「ああ、本当に良かった。しかし、わしの股だけは、まだ化石のままだ」
黒蜥蜴「うむ……。これは、宇宙人のタタリかも知れぬ」

赤蜥蜴「タタリ？」
黒蜥蜴「そうだ。ならば……、これでどうだ！」
やにわに、黒蜥蜴は赤蜥蜴の股を蹴り上げた。
赤蜥蜴「痛てえええ！」
すると、赤蜥蜴の股は、たちまち元に戻ったのである。
赤蜥蜴「お、お前、すごいじゃないか。これは、なんという技だ」
黒蜥蜴「ふおっ、ふおっ、ふおっ。黒蜥蜴の必殺技、『タタリ返し、股いやしの技』だ」
赤蜥蜴「そ、そんな技を持ってたのか」
黒蜥蜴「私は、癒し系とおふざけ系の術が、得意なんだ」
その時、明智小五郎からケータイメールが来た。
黒蜥蜴「なになに。幻覚の正体が解った。すぐに連絡せよ。ネコニャンニャ、ニコニコおじぎマークか」
赤蜥蜴「おい。幻覚の正体が解ったのか？」
黒蜥蜴「そのようだな。急ごう！」

赤蜥蜴「よし来た」

三

喫茶「妖怪」で待ち合わせた三人は、ヒソヒソ話をしている。

明智「ヒソ、ヒソ、ヒソ」
黒蜥蜴「ヒソ、ヒソ、ヒソ」
赤蜥蜴「ヒソの毒を、どうするんだ」
黒蜥蜴「気の毒に、恋人のことで、気が狂いそうなんだ」
明智「いや、違う。ヒソ、ヒソだけでは、意味が通じないようだ」
黒蜥蜴「なんだ。我々と同じじゃないか」
明智「そのようだな……」
赤蜥蜴「それで、幻覚の正体は、何だったのだ?」
明智「それだ」

黒蜥蜴「それだ」
赤蜥蜴「それですよ……」
明智「つまり……。幻覚の正体は、エジプトの妖怪、スカラベでした」
赤蜥蜴「ええぇ。スカラベー？　音なしの屁をこく妖怪かあ……」
黒蜥蜴「ちがうよ。『ふん転がし』という昆虫だよ。ナイル川が氾濫し、春になると泥を転がす姿が、糞《ふん》を転がすように見える。だから、『糞転がし』と言うんだ。古代エジプトでは、太陽神ラーの使者と言われた。本来は、幸運を呼ぶシンボルのはずだ。それが……。なぜ妖怪になり、桃色蜥蜴に、あんな幻覚を見せるのか。それがわからない」
明智「私が答えましょう」
赤蜥蜴「えっ？　わかるんですか……？」
明智「調査の結果、判明しました」
黒蜥蜴「それはすごい」
明智「原因は、妖怪達のジェラシーです」
黒蜥蜴、赤蜥蜴「ジェラシー？」

明智「そうです。我々は、妖怪村とその周辺の聞き込みを、徹底的にやりました。すると、多くの妖怪達が、赤蜥蜴の参議院当選を妬んでることが解ったのです」

黒蜥蜴「なるほど」

赤蜥蜴「でも、皆のために立ち上がり、皆が応援してくれたからこそ、当選したのに……」

明智「それが、人や妖怪の情というものです」

黒蜥蜴「なるほどねえ……」

明智「そして、さらに。村一番の器量良し、桃色蜥蜴をゲットした赤蜥蜴を、オス蜥蜴達は恨み、勃起したのです」

黒蜥蜴「なぜ、勃起するんだ」

赤蜥蜴「あっ、それは……。選挙キャンペーン中に、蹴り子ボッキーチョコを配ったからだ……」

黒蜥蜴「関係ないと思うよ」

明智「そうです。関係ありません。つまり、全てのオス蜥蜴が、桃色蜥蜴を狙ってたわけです。それだけ、彼女は魅力的だったのです」
黒蜥蜴「ふむ……。なるほど……。私の、大阪の彼女も危険だなぁ……」
赤蜥蜴「なに?」
黒蜥蜴「い、いや、何でもない……」
赤蜥蜴「それにしても、それで、なぜ野グソや野ツボを、桃色蜥蜴が握るはめになったのか……」
明智「かわいさ余って、憎さ百倍。クソー、クソーと思うオス蜥蜴の思いが、糞を握るタタリ作用を生んだのです」
黒蜥蜴「へえー。そうだったのか。さすがは明智君。ご明察、お見事です!」
明智「ありがとうございます。しかし、まだ裏があります」
黒蜥蜴「裏?」
明智「そうです。野ツボ田家は、代々野ツボを大切にした家です。その、野ツボを大切にする家の徳により、あんな美しい、桃色蜥蜴が生まれたのです」
赤蜥蜴「なるほど」

明智「ところが、最近は、八《やっ》バカ村や近隣の妖怪村でさえ、化学肥料を使い、野ツボを使わなくなった」
赤蜥蜴「言われてみれば、そうですね。野ツボ田家も、今では野ツボを使わず、随分前に埋めたそうです」
明智「それです。だから、先祖代々大切にした野ツボの霊が、行き場を失い、子孫にタタリしてるのです」
赤蜥蜴「それが、桃色蜥蜴が幻覚で見た、野ツボの化身『黄金の露天風呂』だったのか……」
明智「その通りです。そして、それら家のタタリ霊、オス蜥蜴の嫉妬の念、また、選挙のジェラシーの生霊は、ある霊を依代《よりしろ》にしてたのです」
赤蜥蜴「ある霊?」
明智「それが、スカラベの霊です」
黒蜥蜴「いったい、エジプトのナイル流域に生息するスカラベが、なぜここに?」
明智「おそらく、旅行者について来たか、誰かが飼っていたのでしょう」

いつの間にか、桃色蜥蜴がそこに現われ、ため息まじりに言った。
桃色蜥蜴「スカラベを飼ってたのは、私です。以前、エジプトに旅行した時、スカラベに惹かれ、好きになりました。それで、妖怪ペットショップを通して輸入し、たくさん飼ってたのです。スカラベが死ぬと、野ツボ田家が大切にした、野ツボのあった場所に埋めました。そして、供養してたのです。それが原因とは……」
明智「そうです。大量のスカラベ霊を供養すれば、合体して巨大化し、意識と命を持つようになるのです。そこに、野ツボのタタリ霊、オス蜥蜴の生霊、そして、選挙のジェラシーの生霊が、桃色蜥蜴に飛んでゆき、スカラベ霊と合体したのです。これが、『ふん転がし』妖怪の正体です」
桃色蜥蜴「ああ、ああ。また、弦楽四重奏の音楽が聞こえる……」
黒蜥蜴「皆で、スカラベを供養した場所へ行こう」
赤蜥蜴「おい、桃色蜥蜴。その場所へ案内してくれ」
桃色蜥蜴「わ、わかったわ」
赤蜥蜴、黒蜥蜴、桃色蜥蜴、明智の四人は、野ツボ田家が代々大切にした、野ツボのあった場所に急いだ。

四

赤蜥蜴「おい、臭うぞ、臭うぞ。父祖伝来の野ツボの臭いが……」
黒蜥蜴「おい、臭うぞ、臭うぞ。オス蜥蜴のクソーと思う、野グソの臭いが……」
明智「おい、臭うぞ、臭うぞ。参院当選を妬む、ジェラシーの臭いが……」
桃色蜥蜴「ああ、臭うわ、臭うわ。『ふん転がし』スカラベ達の、なつかしいフンの臭いが……」
ふん転がし妖怪「ぐうえうん、ぐうえうん。エジプトの黄金、あげようかあ……。エジプトの黄金、あげようかあ……。あげようかあ……」
黒蜥蜴「おい。身の丈三十メートルの化物だ。どうする……」
赤蜥蜴「お前……。足がふるえてるなあ」
黒蜥蜴「そういうお前こそ、股が縮み上がってるなあ」

赤蜥蜴「どうする……」
黒蜥蜴「それは、こっちの言うせりふだ。お前、いつものように、なんか術かけろよ……」
赤蜥蜴「そういうお前こそ、癒し系の術かけろよ……」
黒蜥蜴「ばか。こんな化物、癒してどうするんだ」
赤蜥蜴「次元を早送りしても、妖術でついてくるぞ……」
桃色蜥蜴「ああ、ああ。黄金が見える。黄金の露天風呂も見えるわ……。もうだめ。私……。裸になるわ。そして、全裸のまま、ここに永遠に鎮まるわ……。そうすれば……。赤蜥蜴も、皆も、助かるのよ……！」
赤蜥蜴「だめだ、桃色蜥蜴。そんなことすれば、黒蜥蜴が見て喜ぶだけだ。明智君も見て、喜ぶだけだ。だめだ、だめだあ……」
黒蜥蜴「そんなこと、言ってる場合かよ……。おい、明智君、なんとか智恵貸してくれ。なんとか、してくれ――！」
明智「ま、まて。今、調べてるところだ」

ふん転がし妖怪「ぐうえうん、ぐうえうん。エジプトの黄金いらんか……。黄金やろうか……。スカラベー、スカラベ……」
桃色蜥蜴「ああ、ああ。もうだめ……。もう私……、脱ぐわ……」
赤蜥蜴「まてえええ。やめろ……、やめろ……！　愛する、愛する、わしのゴミ子ーー！　脱ぐなあーー！」
黒蜥蜴「おい、明智君。早くしろ！　一万年もかけるなよ……！　急げ！」
明智「あ、あった。あったぞ。こ、このー、ビニール本『間違いだらけの妖怪選び』によれば……。なに、なに。『エジプト系の妖怪は、勇気とギャグを持って戦えば、必ず宇宙より神降り下り、これを滅ぼすなり』か……」
黒蜥蜴「なに？　そうか。わかったぞ……」
　黒蜥蜴は、ポケットから笛を取り出し、思い切り吹いた。
「トカゲー、ゲ、ゲ、ゲー。トカゲー、ゲ、ゲ、ゲー」
　笛を吹くやいなや。青いチャンチャンコをつけ、ゲタを履き、化物に体当たりしていった。

赤蜥蜴「よおし、おれもだ。わしの顔アカを食らえー！　エステー―、エステー―！もんじゃー、もんじゃー！　ウオリアアアア――！」

赤蜥蜴も、気合いをかけ、術はバラバラのまま、体当たりしていった。だが、化物の妖術にはまり、二人とも、野ツボの中でのたうち回る。手には、ありったけのクソを握りながら……。

桃色蜥蜴「私も行くわ……」

赤蜥蜴に、服を脱がないよう紐で縛られた桃色蜥蜴も、そのままぶつかっていった……。明智小五郎は、化物を笑わすため、エジプトのベリーダンスを、不器用に、必死で踊っている。

明智「どうだ、どうだ、これでどうだあ……」

化物は、うっすらと笑い始めた。

その時、望遠鏡を眺めていた宇宙人は、ふっと微笑んだ。

宇宙人「捨身の勇気とギャグかあ……。エゴの妖怪も、恋人のためには、その愛なるが故に、命を惜しまず体当たり。その親友も、友情なるが故に、命を惜しまず体当たり……。感動したぞ……。妖怪が、勇気とギャグによって、命がけの突撃かあ……。よし、いよいよわしの出番だ。待ってろよ、妖怪たち……！」
宇宙人は、一瞬の内にテレポートして、化物の前に現れた。
ふん転がし妖怪「ば、ば、ばげものどぅわあ――」
宇宙人「化物は、お前の方じゃや。わしは、レグルス星に住む宇宙人、クフだ。ピラミッドを作った、ファラオだ。スカラベよ！　太陽神の使者よ！　この妖怪達の、捨て身の勇気を見たか。ギャグで笑わす、真心を見たか」
ふん転がし妖怪「みだあ――」
宇宙人「見たならば、もうこれ以上地上にとどまるなかれ。野ツボのタタリ霊、オス蜥蜴の生霊、選挙ジェラシーの生霊達よ！　お前達もだ！」
タタリ霊、生霊達「わがっだー」
宇宙人「よし。ならば、これで浄めてやろう……！　宇宙の、清浄なる霊気となれ……！」
宇宙人は、右手に筆を持ち、それをクルクル回した。すると、ふん転がし妖怪と合体した化物は、みるみる小さくなり、煙になって消えた。宇宙人は四人を見つめ、ゆっくりと深く笑った。

宇宙人「四人共。その捨て身の勇気、ギャグで笑わす真心。まことに、見事であった。これ、天の記録に記《しる》しおくなり。三人の妖怪は、これで、いつでも人間になることができる。しかし、しばらく妖怪のままで、地上で活躍するがよい。人々の苦しみを救うのだ」

赤蜥蜴、黒蜥蜴、桃色蜥蜴、明智「わかりました。仰せの通り致します」

宇宙人「これで、妖怪戦士三人と、半妖怪明智君の誕生だ。宇宙は広く、神々も、宇宙人も、妖怪も、様々に活動している。愛も大切じゃが、妖怪には、勇気とギャグが特に大切じゃ。化物と妖怪との違いは、そこにあるのじゃ。愛は、天使にまかせておけ。智恵は、菩薩、如来にまかせておけ。お前達妖怪は、勇気とギャグで、世の中を明るく、怪しくするのだ。明るく、怪しい世の中ほど、面白い世の中はない。そう思わぬか。わ、は、は、は。クフ、クフ、クフ」

四人の顔の、一つ一つを見つめ、うなずいた宇宙人は、スーッとテレポートして、レグルス星に帰って行った。
黒蜥蜴「おい、明智君。一つ質問していいか」
明智「ああ、いいよ」
黒蜥蜴「なんで、あの幻覚の正体が、スカラベの妖怪だとわかったんだ?」
明智「ハ、ハ、ハ。実は……。ぼくが夜空を見上げ、レグルスの輝きに見とれていた時、今の宇宙人が、ぼくの妖怪耳にテレパシーを送り、教えてくれたんだ」
黒蜥蜴「なあんだ。そうだったのか。クフ、クフ、クフ」
赤蜥蜴「あれ、お前。ふおっ、ふおっ、ふおっ、と笑わないのか。グルッス、グルッス、グルッス」
黒蜥蜴「そういうお前こそ、グルッス、グルッスと笑うなんて……、クフ、クフ、クフ。あれ?」
桃色蜥蜴「あれ、二人とも、どうしちゃったの? レック、レック、レック。あれ?」
明智「三人とも、クフとレグルスの霊流をうけたから、そうなったんだよ。その内、元にもどるさ」

黒蜥蜴「明智君、なんで、それが解ったんだ」
明智「今、妖怪耳に通信があったんだ……」
黒蜥蜴「便利な耳だな。おれにも貸せ！」
明智「い、痛い。耳ひっぱるなよ……」
赤蜥蜴「わしにも貸せよ……！」
明智「い、い、痛いよ……！」
黒蜥蜴「ふおっ、ふおっ、ふおっ」
赤蜥蜴「わ、は、は」
桃色蜥蜴「あ、二人とも、元に戻った！」
黒蜥蜴、赤蜥蜴「あっ、本当だ。ふおっ、ふおっ、ふおっ。あ、は、は、は」
桃色蜥蜴「ホッホッホッホッ」
明智「名古屋だぎゃあー。わしも、笑うでよお！　ミャーッ、ミャーッ、ミャー！　ミャーッ、ミャーッ、ミャー!!」

―― 参考文献 ――

◆『古事記』
◆『日本書紀』
◆『尿を訪ねて三千里』宮松宏至／著　現代企画室／刊

戸渡　阿見（とと　あみ）プロフィール

兵庫県西宮市出身。本名半田晴久。1951年生まれ。同志社大学経済学部卒業。武蔵野音楽大学特修科（マスタークラス）声楽専攻卒業。西オーストラリア州立エディスコーエン大学芸術学部大学院修了。創造芸術学修士（MA）。中国国立清華大学美術学院美術学学科博士課程修了。文学博士（Ph. D）。中国国立浙江大学大学院中文学部博士課程修了。文学博士（Ph. D）。カンボジア大学総長、人間科学部教授。中国国立浙江工商大学日本言語文化学院日本芸術文化講座教授。その他、英国、中国の大学で、客員教授として教鞭をとる。中国国家一級美術師、中国国家一級声楽家、中国国家二級京劇俳優に認定。中国国立歌劇舞劇院正団員。北京京劇院正団員。宝生流能楽師。社団法人能楽協会会員。現代俳句協会会員。JIPGAとFOSG認定の、プロゴルフインストラクター。その他、茶道師範、華道師範、書道教授者。また、劇団、薪能、オペラを主宰プロデュースし、シテや主役を演じる。書は、大英図書館に永久収蔵。絵は、中国芸術研究院に永久収蔵。著作は、抱腹絶倒の多くのギャグ本から、学術論文、句集、画集、料理本、精神世界、ビジネス書など、あらゆるジャンルに渡り、220冊を超える。新作ギャグのホームページは、いつも大好評。また、パーソナリティーのラジオ番組「さわやかTHIS WAY」は、FM, AM14局全国ネットで、16年のロングランを続ける。社団法人日本ペンクラブ会員。小説家・劇作家の長谷川幸延は、親戚にあたる。

戸渡阿見公式サイト　http://www.totoami.jp/

短篇小説集　蜥蜴《とかげ》

2007年9月29日　初版第1刷発行
2007年11月11日　　　第3刷発行

著　者　戸渡阿見
発行者　笹　節子
発行所　株式会社　たちばな出版
〒167-0053 東京都杉並区西荻南2-20-9　たちばな出版ビル
電話　03(5941)2341(代)　　FAX　03(5941)2348
ホームページ　http://www.tachibana-inc.co.jp/
印刷・製本　萩原印刷株式会社

ISBN978-4-8133-2125-5　Printed in JAPAN